Hanekoshi
&
Tamaki
「猫耳探偵と助手」

「もっと君に自分を好きになってもらいたいと思ったのは、
そうすれば君が本当の意味で恋ができるだろうと思ったからだった。
その恋の相手は僕がつとめるつもりだったからね」
勝手な妄想だが、と羽越が笑った息が唇にかかる。
「キスしたいと言ったら断る？」
（本文P.210より）

この作品はフィクションです。
実在の人物・団体・事件などにはいっさい関係ありません。

猫耳探偵と助手

愁堂れな

キャラ文庫

口絵・本文イラスト／笠井あゆみ

目次

1

「にゃー」

想像してみてほしい。

三《み》つ揃《ぞろ》いのスーツを着たいかにもなイケメンが――モデルや俳優にも、こうもスタイルのよい、そして顔立ちの整った者はいないだろうという男が、ぬいぐるみの猫の耳がついたカチューシャを頭に装着し、一声鳴いてみせた姿を。

「……え……」

そんな場面に遭遇したら、絶句するよりないだろう。少なくとも僕は絶句し、しょぼいとしかいいようのない彼の事務所内で立ち尽くしてしまっていた。

もとより、僕の人生はツキに見放されていたといっていい。

高校受験も、そして大学受験も、第一志望の試験日には風邪をひいて熱を出し、実力を発揮できなかった。

入社試験もそうだ。そのときは発熱ではなく寝坊した。しかし、第一志望は逃したにしても、就職難の昨今、二流の大学しか出ていない僕が正社員として採用されただけでもラッキーといえた。

しかしきっと僕はそのとき、運を使い果たしてしまったのだ。そうじゃなきゃ勤続一年半あまりでクビになるわけがない。

クビ——懲戒解雇になったその理由は、勤務時間内に私用でインターネット閲覧《えつらん》をしたというものだった。

確かにコンプライアンス上、宜《よろ》しくないというのはわかる。だが、私用でネットをやっている人間は、何人もいた。それこそ全社員がやっていたといっても過言ではないと思う。

そんな中、僕だけがそれを咎《とが》められたばかりか解雇までされてしまったのは、別に僕の私用ネットサーフィンが見過ごせないほど過多だったというわけではない。

ごくごく普通の頻度だった。何度か注意をされたのを聞き入れなかった——なんていう経緯もない。

社長が巡回しているときにネットサーフィンをしていたのが見つかった、なんてこともないし、タチの悪い有料サイトを見ていて会社に莫大な請求がきた、というのでもない。

ではなぜかというと——私用ネットは単なる、退職の理由付けだった。会社は僕のクビをなんとしてでも切りたかったのだ。

会社は、というより、僕の上司が、だったのだろう。

といっても、これまた僕が人並みはずれて出来が悪かったとか、上司にたてついて怒らせてしまったとか、そういう理由ではなかった。

そう、あまりに理不尽な理由ではあったが、その『上司』が社長の息子だったために、誰も僕をかばってくれる人間はおらず、あっさりとクビになってしまった、というわけだ。

ああ、『誰も』じゃなかった。唯一、クビにまでする必要はないのでは、と声を上げてくれた人はいたにはいたが僕のクビは覆《くつがえ》らず、結局僕は私物を入れた段ボール箱を手に会社を追い出され、今、自分のアパートに向かいとぼとぼ歩いているところだった。

僕のアパートは中野《なかの》駅から徒歩にして二十五分ほどの場所にある。バスに乗れば十分足らずなのだが、昼間の時間、なかなかバスが来なかったので徒歩を選んだことを、今や猛烈に後悔していた。

十二月ともなれば、昼間でも気温はかなり低い。今朝は寝坊しコートを着忘れたため、冷たい北風が重い荷物を抱えた身に堪《こた》える。

こんなことならタクシーに乗ればよかった。いやいや、これから職探しをしなければならない身であることを考えれば、そんな贅沢《ぜいたく》をする余裕はない。

本当に明日からどうしよう——手が怠《だる》くなってきたのを、段ボールを抱え直すことで緩和しようとした僕の口から、思わず大きな溜《た》め息《いき》が漏れた。

特技なんて何もない。資格だって運転免許くらいだ。英語はからきしできない。パソコンは、ワードやエクセル、パワーポイントくらいは普通に使えるが、それらはできて当然のことで、少しも再就職に有利にはならないだろう。

新卒者だって正社員になるのが難しい今、二年目の、しかも前職をクビになった僕に就職先なんてあるんだろうか。

多少自業自得の部分はあったとはいえ、あんまりといえばあんまりだ——ぶつぶつ文句を言いながらも、家に向かって歩く僕に今日は風すら意地悪で、びゅん、と向かい風が強く吹き歩行の邪魔をする。

「まったくもう……っ」

堪らず愚痴ったそのとき、風に乗って飛んできた紙が、べしゃ、と僕の顔を覆った。

前が見えない、と首を振るも、風で顔に張り付いた紙はなかなか余所《よそ》に飛んでいってくれない。

仕方がない、と僕は荷物を下ろし、未だ顔に張り付いていた紙を外して捨てようとした。

『急募』

くしゃくしゃと丸めようとした直前に太い赤字が目に飛び込んできて、興味を覚えた僕は丸めかけたその紙を開き書かれた文字を読んでみた。

『従業員急募　年齢・性別不問。委細面談』

なんて緩い条件、と改めて職種を見て、僕は思わずその紙を両手で握り締め、二度見してしまった。

『探偵助手。誰にでもできる簡単な仕事です』

探偵——二時間サスペンスでしか馴染《なじ》みのない職業ではあるが、今の僕にとってその二文字は酷く魅力的なものに感じられた。

そうだ。ここで必要なスキルを身につけよう。きっとこの紙が僕のもとに飛んできたのは、探偵助手になれという天の啓示だ。

思い込みとは恐ろしいものである。しかし偶然が僕の背を押した。というのも、探偵事務所の住所を確かめようと紙を再び見やり、電柱の番地を見たとき、まさに同じ数字を見出したのだ。

「……あれ……か？」

ちょうど目の前に、三階建ての古いビルが建っており、その三階の窓には、剝《は》がれかけた文字が躍っている。

『羽越《はねこし》探偵事務所』

これはもう、運命だ——きっとこの状況では、皆が皆、同じように思い込んでしまったのではないかと思う。

それで僕は荷物を抱えたまま目の前のビルへと入ったわけだが、それがいかに考えなしの行動だったか、すぐに思い知ることとなった。

ボロいのは外観だけではなく、内部もまるで廃墟なのではというほど古ぼけていた。エレベーターなどなく、石造りの階段を上り三階を目指したのだが、二階のテナントにはすべて『入居募集』の張り紙がしてあった。

なんだかいやな予感がする——その『予感』に従っていればよかったのかもしれないが、そのときの僕は運命を信じてしまっていたので、ずんずんと階段を上り続けた。

「……ここ、か……」

磨《す》りガラスに『羽越探偵事務所』と書いてある——が、その文字も所々掠《かす》れていた。

今更ながらよく見れば『求人募集』の紙も随分とくたびれている。雨ざらしになっていたに違いない、ということは、なり手がなかなか見つからなかったってことなんじゃあ——という考えがちらと頭を過《よ》ぎったが、いやいや、これが運命なんだから、とその思考をも退けた。

ドアの外に段ボールを置いてからノックをし、応答を待つ。

「あいてますよ」

ドアの向こうからバリトンの美声が響いてきた。いい声だけどちょっと違和感がある。洋画の吹き替えみたいな感じとでもいうんだろうか。そう思いながらも僕は、

「失礼します」

と声をかけドアを開いた。

「ご依頼ですか？」

事務所はあまり広くない。ドアを開けた数メートル先に一つ机があり、入り口に向かって正面を向いたその席には一人の男が座っていた。

「そうじゃなくて、あの……」

ここで僕が言葉を失ってしまったのには二つ理由がある。

一つは事務所内があまりに雑然としていたことだが、これは一つ目の理由のあと、数秒して気づいたものだった。

一番の理由はなんといっても、バリトンの美声の持ち主が、今まで見たこともないほどの超

絶美形だったためだ。

モデルや俳優でも、ここまで顔の整った男はいないんじゃないかと思う。純正日本人というより、ハーフかクオーターのような、濃い顔立ちの美形だった。

「違う？」

僕が黙り込んでいたせいだろう、男はすっと立ち上がり歩み寄ってきたのだが、高身長、そしてスタイルの良さはもう、モデル並みといってよかった。

「それなら？」

歩み寄ってきた彼が、僕が握り締めていた紙を見やり、ああ、と納得したように微笑《ほほえ》んだ。

「もしや、求人募集の広告を見てくれたのかな？」

「あ、はい。そうなんですが……」

このあたりで僕はようやく男の美形っぷりに慣れてきて、こうしている場合じゃない、と自己アピールを始めた。

「探偵助手という仕事には前々から興味がありまして。先ほど偶然、このチラシを見つけたものでそれで……」

と、ここで僕は、なんで今気づくかなというような大事なことを思い出してしまった。

「す、すみません、急いでいましたもので、履歴書の用意も何もないんですが……っ」

求人に応募するのに、履歴書を用意するのは最低限の常識だ。『運命』なんて舞い上がっている場合じゃなかった。まずはコンビニにでも駆け込み、履歴書を買って記入すべきだったのだ。

何より、ここから僕の家はそう遠くないのだから、家に戻り、ばしっとしたスーツに着替えて出直すべきだった。突然の解雇通告ゆえ、大急ぎでデスクを片づけなければならなかったために、すっかり皺《しわ》だらけになっていた自身のスーツを見下ろす。

「で、出直して参ります」

第一印象は最悪だろう。それでも希望は繋《つな》ぎたい。

それゆえ僕はそう言い踵《きびす》を返そうとしたのだが、一瞬早く男が口を開いていた。

「出直す必要はないよ。履歴書など必要ないし」

「え？　でも……」

確かにチラシには『年齢・性別不問。委細面談』と書いてはあるが、それにしても履歴書くらいは普通用意するものなんじゃないだろうか。

そう思ったのが顔に出たのか、男は、

「君は真面目なんだね」

と笑うと、

「ともかく、座ってくれ」

と僕をソファへと誘《いざな》った。

来客用のソファは、彼がそれまで座っていたデスクの脇にある。お世辞にも立派とは言いがたい布製のそれには、所々コーヒーと思《おぼ》しきシミがついていた。

「あの」

ソファに座ると僕は、せめて自己紹介をしようと口を開きかけたのだが、それを目の前に座った男が喋《しゃべ》ることで制した。

「採用試験はこれだけだ」

そう言ったかと思うと男はやにわにスーツの――このスーツが上質としかいいようがない上、男にはものすごく似合っていた――内ポケットに手を突っ込んだかと思うと、取り出した『それ』を開いていきなり頭に装着したのだ。

そして――冒頭に戻る。

「にゃー」

男がポケットから取り出したのは、二つ折りになっていたカチューシャだった。ただのカチューシャではない。もふもふしたぬいぐるみの猫耳がついたカチューシャだ。

柄は三毛だった――なんてことはどうでもいいが、いきなりの彼の行動に僕はただただ唖然《あぜん》とし、その場で固まってしまっていた。

見たこともないようなイケメンが、いきなり猫耳を頭に装着したのだ。驚かないほうがおかしいと思う。

そればかりか『にゃー』と猫の鳴き真似までしてみせた男を僕は食い入るように見てしまっていたが、次の瞬間男は驚くべき言葉を告げ、僕を我に返らせてくれたのだった。

「合格だ」

「なんでっ!?」

ここは当然、喜ぶべきところである。が、嬉《うれ》しいと思う以前に、なんで合格なんだという疑問が浮かび問いかけると、猫耳を外しながら男がにこやかに微笑み、その理由を教えてくれた。

「何を見ても動じない。それが探偵の条件だからね」

「……はあ……」

正直なところ、『動じな』かったわけではなく、驚きすぎてリアクションがとれなかった――というのが正しい。

美しき誤解をしている男に、その誤解を解くべきか迷ったのは一瞬だった。

「今日からよろしく頼む。羽越だ」

すっと男が――羽越探偵が差し出してきた右手を、僕は迷わず握っていた。

「よろしくお願いします。環光宣《たまきみつのぶ》です」

まさかこんなに安易に再就職先が決定するとは、まったく考えていなかった。

今日は人生最悪の日だと嘆いていたが、そうでもなかったかもしれない。浮かれていた僕の右手をぎゅっと握り返してくれたあと、羽越はやにわに質問を始めた。

「環君だね。君、いくつ？」

「二十三歳です」

「どこに住んでるの？」

「近所です」

「週に何日来られる？」

「何日でも。月曜日から金曜日までなら毎日でも来ます」

「土日出勤は？　ああ、もちろん手当は出すよ」

「喜んで！」

職歴や学歴に対する質問がないことにほっとしつつ、一つ一つに即答する。

「僕たちはうまくやっていけそうだね」

ちょうど僕が思っていたことを、羽越も微笑みながら告げたそのとき、室内に聞き覚えがあるメロディが鳴り響いた。

「ちょっと失礼」

どうも羽越の携帯電話の着メロだったらしい。確かあの曲は『太陽にほえろ』というドラマのテーマ曲だったような、と思い出していた僕の目の前で羽越はポケットから携帯を取り出し応対した。

「はい。なんだ、またか？　わかった。どこだ？」

ぞんざいとしかいいようのない口調だなと思っているうちに羽越は電話を切ったかと思うとすっくと立ち上がった。

「行くよ」

「え？」

どこに、と問うより前に僕は、羽越に腕をとられていた。

「さあ」

促され、彼とともにドアを出る。

「あれ？」

ドアの外には僕が放置していた段ボールがあった。羽越が注意を向けたのを見て、しまった、と僕は慌てて言い訳をしようとしたが、そのときには既に彼の興味は失せていた。

「外に置いておいたら盗まれても文句は言えない。早く事務所の中に入れなさい」

「あ、はい」

指示どおり、段ボールを事務所に入れると羽越は施錠をし、僕を振り返った。

「行くよ」

「あの、どこへ？」

何がなんだかわからない。いったいどこに行くというんだ、と当然の疑問を口にした僕に、同じく当然のことを答えるかのような口調で羽越が告げる。

「現場に決まってるじゃないか」

「現場？」

なんの、という問いは無視されてしまった。そのまま僕は羽越に腕を引かれビルの外へと導かれていった。

タクシーを拾い、羽越が目指した先は、阿佐ケ谷《あさがや》の商店街にある、どうやら閉店しているらしい飲食店だった。

「え……」

一番の特徴は、店の入り口と思しき場所に『KEEP OUT』と書かれた黄色いテープが貼られていることだ。既にサイレン音はしていなかったが、パトカーが数台停まっている。

羽越は『現場』と言っていたが、まさか事件現場のことだったのか、と驚いている間に、当の羽越はなぜだか黄色いテープの前に立っていた警官に、

「ご苦労」

と偉そうに声をかけると、ずかずかと中に入っていった。

「あ、あの……??」

まさかとは思うが、ここは撮影現場か何かで、羽越は俳優業でもやっているのか——？　というほうがまだ、信じられた。が、彼に続いて足を踏み入れたそこは、どこからどう見ても正真正銘の『事件現場』だった。

それが証拠に、店内には大勢の警察官がたむろしていたし、何より、見渡せるフロアの隅には——死体があった。

「ほ、本物……？」

まさか、という思いが僕の口からそんな言葉を発せさせる。

「うん、本物」

にっこり、という表現がぴったりくるような笑顔を向けてきた羽越に、

「な、なんで？」

なぜ本物の死体があるような場所にやってきたのか、と問おうとしたそのとき、

「遅いじゃねえか」

不機嫌としかいいようのない声があたりに響き、僕は思わずそっちに――声の主に視線を向けた。

ここにもイケメンがいた――それが偽らざる胸の内だった。

羽越とは随分、タイプが違う。体育会系とでもいうんだろうか。いかにもスポーツができそうな、そんな短髪のナイスガイだ。

年齢はおそらく、羽越と同年代だろう。とはいえまだ羽越の正確な歳は知らない。二十代後半か三十代前半だと思うのだが、と、そのナイスガイに注目していた僕は、唐突に彼から視線を向けられ慌ててしまった。

「あれ？　どちらさま？」

面と向かって問いかけられ、慌てて自己紹介をしようと口を開いた。

「環といいます。あの、今日から羽越探偵事務所で……」

「僕の助手だよ。で、事件概要は？」

僕の言葉にかぶせ、羽越がいかにも面倒くさそうに答えつつ、逆に問いを発する。

「じ、事件概要？」

驚くのは僕ばかりで、新たに登場したイケメンは羽越に向かい説明を始めた。

「殺されたのはこの店の元オーナー、木村義人《きむらよしと》。発見時、現場は密室だった」

「密室？」

推理小説か二時間サスペンスでしか聞いたことのない単語だ、と驚く僕など完全に無視し、羽越と男の間で会話が進んでいく。

「ああ。鍵がかかってたんだよ。しかもその鍵は被害者の近くに落ちていたという」

「合い鍵があったんじゃないか？」

問いかける羽越に向かい、男が首を横に振る。

「合い鍵がありゃあ、お前に連絡なんぞ入れないよ」

「そうか」

その言葉を聞き、羽越が頷《うなず》いた――と思った次の瞬間、彼は思いもかけない行動に出た。

「えええっ」

思わず僕が大声を上げてしまったのも無理のない話で、羽越はいきなり遺体へと近づき、屈《かが》み込んでまじまじと観察し始めたのだ。

「な、何やってるんですかっ」

羽越は『探偵』であって、警察関係者ではない――と思う。そんな一般人が、現場に立ち入るのは勿論《もちろん》のこと、遺体に近づいたり、しかもポケットから取り出したペンで服をめくったりして、いいわけがない。

その辺の警察官が飛んでくるのでは、と慌てたのは、だが、僕だけだった。

「絞殺……だね。凶器は本人のネクタイ？」

鍵と共に遺体の横に丸まっていたネクタイを目で示す羽越に、男が頷く。

「ああ、おそらく」

「犯人が密室にした狙《ねら》いは捜査を混乱させるためか。いや、違う。もっとも疑わしき人間が自分に嫌疑がかかった場合、密室をどうやって作ったのかと言い逃れるためか……おそらく後者だな」

今や羽越はぶつぶつと一人で喋っていた。

「あの？」

いったい何が起こっているのかまるでわからず、隣の男に問いかけようとしたとき、目の端にまたも驚くべき光景が過ぎったため、僕は再度大きな声を上げてしまったのだった。

「何、やってるんですかっ」

僕の視線の先には羽越がいた。そのとき彼は内ポケットから取り出した折り畳み式の猫耳カチューシャをちょうど頭に装着したところだったのだ。

「シーッ、黙って」

羽越が僕を、自身の唇に人差し指を押し当てながら、じろり、と睨《にら》む。

「いや、しかし、ええ?」

睨まれたって、どう見ても異様じゃないか、と僕は思わず隣の男に同意を求めようとしたのだが、男のリアクションは予想していたものとまるで違っていた。

「頼むぞ。羽越」

「え」

何を頼むというのか、と視線を羽越に向ける。猫耳をつけた羽越はその場に立ち尽くしていたが、やがて彼はぐるりと店内を見渡したかと思うと格子《こうし》のはまった窓へと近づいていった。

「当然ながら窓も施錠されていた」

「ああ」

僕の横にいた男は羽越に駆け寄り返事をしている。僕も啞然としつつも彼に続き窓の近くに立った。

「この店は随分と古い。ガタがきているね」

羽越はそう告げたかと思うと、格子越しに窓ガラスに指を当てた。

ゴト、と微《かす》かな音を立て、ガラスが僅《わず》かに動く。

「外からなら外せるんじゃないか？」

そう言ったかと思うと羽越は颯爽《さっそう》、という表現がぴったりの歩き方で店を出ていった。

「待てよ」

慌てて男があとを追う。僕もまた慌てて男のあとを追った。

てっきり窓の外へと向かったと思った羽越は、隣の建物との間の、通路——というより隙間《すきま》といったほうが正しいような道の前に立っていた。

「鑑識に足跡をとらせたほうがいい」

男と僕が追いついたと同時に二人を振り返り羽越が告げたのに、男は「わかった」と即答すると店内に引き返していった。

「……あの……」

何がなんだかわからない。説明を求めようとしたが、すぐに戻ってきた男が青い服を着た鑑識を連れてきて、場は一時騒然となった。

「最も怪しいと思しき人間を任意で呼んでおいたほうがいい」

その様子を見ながら羽越が男に告げる。

「利害関係があるのはこの店の店長を任されていた男だが、勿論手配ずみだ」

と、男がニッと笑い、羽越にそう返した。

「さすが、等々力《とどろき》警部補」

羽越もまた、ニッと笑ってそう返す。

「警部補!?」

刑事だったのか、と驚いたものの、警察関係者以外に犯行発覚直後の事件現場にいる人間はあり得ないか、と気づいた。

「等々力だ。よろしく。ええと……」

なんだっけ、と問いかけてくる男に——等々力に僕は再度名乗った。

「環です」

今更——本当に今更の自己紹介をしつつ、いつもの癖でスーツの内ポケットから名刺入れを取り出してしまっていた。

「あれ？　羽越のところはいつから名刺を作るようになったんだ？」

等々力に驚いた声を上げられ、はっと我に返る。

「名刺なんて作ってないよ。僕ですら持ってないのに」

羽越が苦笑し、ちらと僕を見た。

「前職の癖が出たんだよね」

「はい」

すみません、と頭を下げた僕に、等々力が問いかけてくる。

「前職って？」

「ええと……」

社名を答えようか、それとも『サラリーマンです』とでも流しておくかと迷っていたそのとき、

「終わりましたー」

という声が上がり、鑑識の人たちがぞろぞろと通路から戻ってきた。

「足跡は？」

「ごく最近、つけられたと思しきものがあります」

「窓ガラスは？」

「指紋はとれませんでした……が、羽越さんのご指摘どおり、一部、埃《ほこり》が拭《ぬぐ》われてましたよ」

答える鑑識は見たところ五十代半ば、渋い中年男性だった。

彼もまた羽越のことを知っているのか、と感心していると、その羽越が彼に声をかける。

「さすが村田《むらた》さん、仕事が早いね」

「よく言いますよ。いつものようにトロい、使えないと陰口叩《たた》いてたんじゃないですか?」

言ってる内容は、ぎょっとするような棘《とげ》のあるものだったが、鑑識係の——どうやら村田というらしい彼の顔は笑っていた。

「言ってないよ。ねえ、等々力」

同意を求める先では等々力が、

「さあ」

とすっとぼけている。

「やっぱりね」

ここまでが『お約束』なのか、村田はそれみたことか、というように羽越を見やり、

「ばれたか」

実際、陰口など言っていなかったはずの羽越が肩を竦《すく》めた。

顔見知り、という以上に仲がいいようだ、とそんな彼らの様子を観察していた僕の前で、村田が思わぬ問いを羽越に発する。

「で?　今日の耳は?」

耳――？　何を聞いたのか、と首を傾《かし》げるより前に答えは明らかになった。

「三毛」

羽越がそう言ったかと思うと、やにわに内ポケットに手を突っ込み、いつの間にか外していた例の猫耳つきカチューシャを再び取り出し頭に装着したのだ。

「な……っ」

何をしているんだ、と驚いているのは僕だけだった。

「くそ、負けた」

村田が近くにいた鑑識に声をかけ、相手が、

「やったね」

と喜びを露《あら》わにする。

「村田さん、何に賭けたの？」

「黒」

「あはは、黒はこの間、してたじゃない」

またも和気藹々《わきあいあい》、と会話を始めた二人の間に等々力が割り込んだ。

「猫耳ルーレットはいいから、さあ、検証してくれ」

「もうするまでもないけどね」

促され、羽越が通路へと向かう。あとに等々力が続き、好奇心に駆られた僕はそのあとをついていった。

「簡単すぎるほど簡単な話だ。窓ガラスを外したんだよ」

ほら、と羽越はしばらくゴトゴトとガラスを動かしていたが、やがてガラスが窓枠から綺麗《きれい》に外れた。

「接着剤でつけていたんだろう。急場しのぎだとしてももう少し丁寧にやるべきだったな」

「なるほど、ここから鍵を投げ込んだ？」

等々力の問いに羽越が肩を竦める。

「密室の成功率は、手口が単純なほど高いのさ」

「確かにな。窓の施錠は確かめたが、格子もはまっていたし、ガラスが外れるかどうかなんて確かめようとも思わなかった」

助かったよ、と等々力が羽越に頭を下げる。

「痕跡からたどるのは困難だろうな。ただ、ガラスを外すには何度かこの路地に通っているはずだ。目撃証言を集めればまあ、効果的……かな」

「今夜のアリバイも……だな。よっしゃ」

等々力は羽越の前で、張り切りまくった声を上げると、

「またよろしく頼むわ」

と声をかけ、駆け出していった。

「………」

一連の出来事がスピーディすぎてまったくついていけない。唖然としつつ等々力の後ろ姿を見送っていた僕の横では、羽越が村田と挨拶《あいさつ》を交わしていた。

「それじゃ、また」

「今度は黒猫で頼むわ」

そっちに賭けるから、と村田が部下たちを連れ、立ち去っていく。

「さて」

ここで羽越が、声を上げたかと思うと、やにわに僕の肩を抱いてきた。

「え？」

「事務所に戻ろう。環君の歓迎会をしなければ」

にこやかにそう言い、顔を覗《のぞ》き込んでくる。

「いや、別に、そんなことをしていただくのは……」

距離が近い、と思わず身体を引こうとしたが、羽越は肩を抱く手にぐっと力を込め、それを制した。

「別にこのあと、用事はないんだろう？」

「ええ、勿論……」

会社を解雇された僕に『用事』があるとすれば、身の振り方を考え、ハローワークに通う準備をすることくらいだった。

だが、めでたく就職先を得た今となっては、その必要はなくなった。

歓迎してくれるというのなら、してもらうのも悪くない。その席で今の事件のことや、何より、なぜに羽越が事件現場に呼ばれたのか、その理由を聞いてみたい。

その前段階として、猫耳のことも聞いてみたいと思っていた僕は、

「それじゃあ、行こう」

と笑顔で誘ってくれた羽越に、

「ありがとうございます」

礼を言い従うことにしたのだが、その選択がある意味吉と、そして別の意味では凶と出るなど、まるで予測していなかった。

2

「さあ、どうぞ」

事務所に到着すると羽越は、事務所内を通り抜け、奥のドアへと僕を誘った。

「あの？」

歓迎会というので、てっきり僕はそのまま飲みに行くのかと思っていた。それが乗ったタクシーの運転手に羽越が事務所の住所を告げたので、ああ、一旦《いったん》戻るのか、と思っていたところだった。

まさか事務所の奥に連れて行かれるとは思わず躊躇《ちゅうちょ》していると、羽越は僕を振り返り自分が何をしようとしているかを説明してくれた。

「なに、この奥が僕の家だ。君には家で酒と食事を振る舞いたいと思っているんだよ」

「あ、そうなんですか」

三階には他にテナントが入っているようなドアは一つもなかった。フロアの面積を考えると、羽越の事務所はやたらと狭いなとは思ったのだが、残りは生活スペースだったのかと納得しながら僕は、羽越のあとに続いてドアの中に入り――。

「凄《すご》いですね」

目の前に開けた、意外すぎるほど意外な光景に、思わず大きな声を上げてしまった。

「別に凄くはないよ」

羽越が苦笑するように笑い「さあ」と僕を促した先は、事務所の様子とはまるで違う、高級な新築マンションのモデルルームのような部屋だった。

子供の頃、この手の本だかアニメだかを見たことがある。ああ、『小公女《しょうこうじょ》セーラ』だったか。ボロい屋根裏の部屋を、隣のインドのお金持ちがこっそり飾りたててやるのだ。

いや、飾りたてたのは実はインドのお金持ちじゃなく――なんて、懐かしい話の筋を思い出している場合ではなかった。

「座ってくれ。何が食べたい？　なんでも作るよ」

今日から世話になる雇用主が、思いもかけないことを言ってきたからだ。

「いえ、そんな、僕が……」

やります、と言い切れなかったのは、ぶっちゃけ、僕は料理がまったくできなかったためだった。

　一人暮らし歴は大学に入ってからなのでで五年以上にはなるのだが、食事はすべて外食、もしくはコンビニ弁当だった。

　もともと食にはあまり興味がなく、皆がマズいと辟易《へきえき》していた学食のカレーもおいしくいただいていたし、コンビニ弁当と高級レストランの味の区別もつかない。

　そういうところがあの人に、気に入られなかったんだろうなあ——ふとそんな考えが頭に浮かんだせいで、僕は少しの間だけぼんやりしてしまっていたようだ。

「遠慮はいらないよ。料理は趣味なんだ。とりあえず、酒のつまみになるようなものでいいか」

　羽越はそう言ったかと思うとスーツの上着を脱ぎ、シャツの腕をまくりながら、ピカピカのシステムキッチンへと向かっていった。

「て、手伝います……」

　慌てて僕も上着を脱いで彼のあとに続い——たのだが、「それなら」と頼まれたとしても能力的にできないか、と慌てて言葉を足した。

「でも僕、料理はまったくしないので、その、洗いものくらいしかできませんが……っ」

「まだ作ってないから洗いものはないよ」

　羽越がまた苦笑めいた笑いを浮かべ、僕を振り返る。

「料理、まったくしないの？」

「はい」

「実家住まい？」

「違います。その、家事全般苦手で……」

「最後に包丁握ったのは？」

「ええと……」

いつだったっけ、と考えている僕を見て、羽越は、今度ははっきり『苦笑』を浮かべた。

「できないことはしなくていいよ。座っていなさい」

「……すみません……」

雇用主を働かせ、自分は何もせずに座っているというのも心苦しかったが、キッチンにぼうっと立っているのも邪魔だろう。

それで僕は四つ席があるダイニングの最も下座に座り、羽越がてきぱきと動き回る後ろ姿を遠目に眺めていた。

羽越の手際は実によかった。モッツァレラチーズとトマトのカプレーゼ、タコのマリネ、それにアボカドと何かのサラダ、という三品をあっという間に仕上げると、それらをレストランのように綺麗に盛りつけ、テーブルに運んでくれた。

しまった、皿を運ぶくらいは手伝えたかと気づいたときには、キッチンに戻る羽越に、

「ワインでいいかな？　ビールにするかい？」

と、問われていた。

「あ、ど、どちらでも」

料理の味がわからないように、僕は酒の味もわからないのだった。好み以前にあまり強くないこともあり、積極的に飲みたい酒はない。

だが羽越は僕が遠慮していると思ったらしく、

「そうだ、歓迎会だからシャンパンにしようか」

と新たな提案をし、言葉どおりシャンパンと二客のグラスを手に戻ってきた。

「す、すみません」

シャンパンのラベルは見覚えがあった。ヴーヴクリコ。結構いい値段だった気がする。

そんな高いシャンパン、あけてもらうなんて申し訳ない、と恐縮していると、

「謝ることなんて何もないはずだけど」

羽越は不思議そうな顔をしつつ、器用にシャンパンの栓《せん》を抜き、グラスに注《そそ》ぎ始めた。

「あ、僕が」

このくらいはやらないと、と慌てて手を出したが、

「別にいいよ」

と羽越は二人分のグラスにシャンパンを品よく注ぐと、一つを僕へと差し出してきた。

「……本当にすみません」

「だから謝ることはない。さあ、乾杯しよう」

羽越がグラスを手に取り、掲げてみせる。

「君の再就職を祝って。これからよろしく頼むよ」

「ありがとうございます。本当に助かりました」

乾杯、と声をかけあい、グラスに口を付ける。

「さあ、食べて。あとからそうだな、パスタと、あと何かメインを追加で作ろう。何がいい？　魚？　肉？」

言いながら羽越が立ち上がり、キッチンへと向かう。

「そんな、どうぞおかまいなく」

まさかもう作りにいったのか、と慌てて声をかけたが、すぐに戻ってきた羽越の手にあったのはシャンパンクーラーだった。

「………すみません」

そのくらいの気は、僕にも遣えたはずだった。しかも氷を入れるだけなら、料理ができない僕でもできることである。

　この気の利かないところもまた、ダメだったんだよなあ、と自己嫌悪からつい溜め息を漏らしてしまった僕に羽越は、今日何度目かの苦笑を浮かべた。

「環君、君の仕事は僕の助手だけど、今は勤務時間内じゃない。プライベートだ……まあ、一緒に働く仲間との飲み会なので完全な『プライベート』とはいえないかもしれないけど」

「……はあ……」

　何を言いたいのか今一つわからず、相槌《あいづち》を打ちつつ彼を見る。

「気を遣うのは仕事中だけでいいということさ」

　羽越は僕の目を覗き込むようにして、にっこり笑ってそう告げると、

「さあ、飲んでくれ」

　とシャンパンボトルを手に取った。

「あ、すみません」

　あまり飲めない、ということを言い出すきっかけを失い、僕は慌てて勧められるがまま、彼にグラスを差し出してしまった。

「そのうちにわかると思うけれど、僕はなんでも自分でやりたいほうなんだ」

　僕のグラスのあと、自身のグラスにもシャンパンを注ぎながら、羽越が言葉を続ける。

「気を遣うのなら、僕になんでもさせたほうがいい。それも覚えておくといいよ」

ね、と笑いかけられ、僕はなんと返したらいいのかわからず――『わかりました』というのも微妙な内容だったからだ――ただ、

「はあ」

とのみ答え、いたたまれなさからグラスに口を付けた。

羽越は自分で言うとおり、本当になんでも自分でやった。しかも実にスマートに、手際よく。

行動だけではなく、会話運びも実にスマートで、僕が問うより前に彼のほうから、

「仕事について、何か聞いておきたいことはあるかな？」

と問いかけてくれた。

「あの、探偵の仕事って、僕の抱いていたイメージだと浮気調査とか、探し人とか、そういったことなのかなと思ってたんですが」

警察の捜査に協力するなんて驚いた。そうしたことはよくあるのか。問いかけたいのはソレだったが、要領の悪い僕は核心をつくことなくこんな言葉から始めてしまった。

だがそれだけで羽越は、僕が問いたいことを見抜いてくれた。

「警察への協力のことが聞きたいんだね。頻度としてはそうない。月に二、三件かな。スピー

ド解決を求められているような場合に呼ばれることが多いよ」

「それってある方じゃないんですか」

月に数回なら随分な頻度だと思うのだが、と僕はそう言い返してから根本的なことを聞いてないと気づいた。

「そもそも、どうして警察の捜査に協力するようになったんですか？」

ドラマでもあるまいし、かなりレアケースじゃないかと思うのだが、と問いかける。

羽越の答えは実にあっさりしていた。

「頼まれるからだよ」

「……ですから、その……」

なぜ、頼まれるのか。それを教えてほしかったのだが、と問いを重ねようとしたが、

「さあ、飲んで飲んで」

とシャンパンを注がれては話を中断せざるを得なくなった。

「すみません」

「ちょっと食べてて。パスタ、作ってくるから」

せっかく注いでもらったのだから、と飲んでいるその隙をつき——というわけではないのかもしれないが——羽越が席を立ちキッチンへと向かう。

「あの、おかまいなく……」

声をかけたが、あまりにもそぐわない言葉だと気づいたと同時に立ち上がり、キッチンへと向かおうとした。

「気を遣うのなら、出したもの、食べてなさいって」

しかし早々に追い払われ、仕方なく席へと戻る。オードブルはどれもこれも美味しかったが、羽越を働かせているのに一人で食べるのは悪い気がして、僕の箸《はし》は——フォークだけれど——なかなか進まなかった。

「お待たせ」

それでシャンパンばかり飲んでしまっていたのだが、おかげで羽越がパスタを仕上げて戻ってきたときには、眠さのあまり瞼《まぶた》がくっついてしまいそうになっていた。

「環君、大丈夫かい?」

これしきの酒で酔ったのか、と呆《あき》れた声が遠くに聞こえる。

「おってまへん。らいじょうるれす」

酔ってません、大丈夫です——確かにそう言ったつもりではあったが、やはり遠いところから響いてきたのは、そんな呂律《ろれつ》の回ってない間の抜けた声だった。

「環君?」

名を呼ばれ、返事をした――いや、しようとしたが、できなかった。ごつん、と大きな音がし、しばらくして額が痛みを覚えた。

テーブルに突っ伏し、意識を失ったのだと察するのは翌朝のことになる。

飲み慣れない高級シャンパンですっかり酔っぱらってしまった僕はその場で眠り込んでしまったのだった。


「う――――」

気持ち悪い、と呻《うめ》き、肌寒さを覚えたので上掛けを引っ張り上げようと手を伸ばす。が、手には何もあたらず、おかしいな、と薄く目を開いた僕は、あまりに見覚えのない光景に驚き、慌てて起きあがった。

「うわっ」

寝ていた場所がベッドではなくソファだったため、勢いあまって転がり落ちる。

「いて……」

どこだ、ここはと周囲を見回し、記憶を辿《たど》る。

「……ああ、そうだった……」

僕は昨日、会社をクビになり、その後すぐに家の近くの探偵事務所に就職が決まったのだ。

昨日は所長から歓迎会をしようと誘ってもらい、この事務所の隣、所長の住居で飲んだのだった。

もとより酒には強くないので、そうなることは目に見えていた。なのに飲んでしまったのは、まあ、断れなかったためだが、せっかく開いてもらった歓迎会——といっても二人きりだが——の最中に寝てしまうなど、好感度が下がったんじゃないかと心配になる。

気が変わった、採用はナシ——なんて言われたらどうしよう。急に心配になり、確かめようと羽越の姿を探す。

僕が寝ていたのは事務所のソファだった。きっと彼は奥の生活スペースにいるに違いない。

謝りに行こうかと思ったが、まずは服装を整えてからかと、自分のよれたシャツを見下ろす。

髭《ひげ》は薄い方だが、さすがに朝、剃らないというのはだらしがない。

事務所から家は徒歩にして十分もかからない。ダッシュで帰ってシャワーを浴びて着替え、再び出勤しよう。

そう心を決めると、僕は荷物の入った段ボールを抱えて事務所を出、自分のアパートへと向かった。

まだ七時過ぎだというのに、アパートが近づいてくるにつれ、騒然とした雰囲気が伝わってきた。

「え？」

角を折れたところがアパートだったのだが、消防車やパトカーが何台も停まっている。

何か事件でもあったのか、と野次馬根性丸出しできょろきょろあたりを見回しながらもアパートに近づいていったが、アパートに到着した途端、思わず、

「なんでーっ？？」

と叫んでしまっていた。というのも、僕のアパートがあるはずの場所が空間になっていたためだ。

空間になっていた理由が火事であり、それで消防車やパトカーが来ていたのだ——ということに気づくのに、暫《しば》くの時間を要した。

かなり長い時間、呆然《ほうぜん》と立ち尽くしていた僕だったが、こうしてはいられない、とようやく我に返り、誰か顔見知りはいないかとあたりを見回し始めた。

「あっ！」

と、僕を指さし、一人の男が高い声を上げる。

「え？」

なんだ、と彼を見て、隣に住んでいた学生だ、と気づいた。

「あの、君……」

何度か顔を合わせたことがある彼に声をかける。と、学生のほうはそれに答えるでもなく、いきなり大声を上げた。

「お巡りさん！　いました！　あの人です！」

「ええ？」

何が『あの人です』なのかと戸惑っている間に、警官が数名僕へと駆け寄ってきた。

「失礼ですがこのアパートの三〇二号室に住んでいらっしゃる方ですね？」

警官の一人が問いかけてくる。

「そうですが……」

それが何か、と問い返そうとしたそのとき、

「放火犯が現れたって？」

という声と共に、スーツ姿の男たちが数名駆け寄ってきた。

「ほ、放火犯？？」

　まさか僕のことか、と驚き、声のほうを振り返った僕は、ここで更なる驚きに見舞われた。

「あ！」

「あ！」

　声の主はなんと、僕の見知った男だった。昨日、阿佐ヶ谷の殺人現場で顔を合わせた等々力警部補、その人だったのだ。

「確か、ええと、そう、環！　環さんですよね」

　等々力が僕の名を呼びながら駆け寄ってくる。

「等々力さん、まさか知り合いですか」

　彼の隣には、僕と同年代と思しき若い男がいた。多分彼も刑事なんだろう。僕も人のことは言えないが、スーツは着ていても学生のように見える。

　大学生というより、高校生でも通るんじゃないだろうか。天然パーマらしきくるくるした髪の毛も可愛《かわい》い美少年だ。

　実際は成人しているんだろうから『少年』じゃないだろうが——などということをのんびり考えているような余裕は、当然ながらなかった。等々力が厳しい顔で問いかけてきたからだ。

「三〇二に住んでいるのはあなた？」

「……そうですが……？」

それが何か、と訝《いぶか》りつつも問い返した僕に等々力はとんでもない答えを返してくれ、おかげで僕は周囲の人間が皆、振り返るような大声を上げてしまったのだった。

「アパートが全焼となったこの火事の火元が三〇二——あなたの部屋なんですよ」

「うそでしょう!?」

叫んでから、はっとする。もしや火の不始末でもあったのかと不安になったためである。

昨日の朝もいつもどおりに出勤した。電化製品をつけっぱなしにした——なんてことはない。暖房はこたつを使っているが、コンセントはちゃんと抜いたはずだ。

コーヒーメーカーは？　大丈夫だ。コーヒーは飲んじゃいない。僕は朝食は食べないので、キッチンに立つこともなかった。

となると漏電とか——？　あまり新しいアパートじゃないとはいえ、電気関係のトラブルに遭遇したことはなかった。

よりにもよって留守のときに、自分の部屋から火が出るとは。ついていないにもほどがある、と僕は溜め息をつきかけたのだが、続く等々力の言葉を聞き、溜め息などついている場合じゃないと思い知らされた。

「昨夜の深夜三時頃にあなたの部屋から火が出た。あなた、そのとき部屋にいましたね？」

「えええええっ？？？」

今度こそ僕は絶叫してしまった。問いかけてきた等々力の僕を見る目は紛《まご》うかたなく、容疑者を見る目そのもので、その瞬間僕は自分が『放火犯』と思われているという事実を遅蒔《おそま》きながら察したのだった。

「隣室の田原《たはら》さんが、あんたが在室していたって証言してるんだよ。火をつけたあと、部屋から駆け出していった、ともな」

「ちょ、ちょ、ちょ……」

ちょっと待ってください、と口を挟みたいが、パニック状態に陥ってしまって少しも言葉が出てこない。

それを等々力は、悪事を見抜かれ慌てているとでも判断したようで、ドスを利かせた声を出し僕を追いつめようとしてきた。

「部屋中に灯油を撒《ま》いていたから、火の巡りが早かった。なぜ放火しようとした？　保険金目当てか？　お前は同じアパートの住人を殺す気だったのか？　深夜三時じゃあ、寝ていて発火に気づかない人間だっていると、普通に考えりゃわかるだろう」

「だ、誰か死んだんですかっ？」

まずは無実を主張すべきだったのに、二階に住んでたお年寄りのことが気になりそう問いかけてしまったことで、等々力はますます僕への疑いを強めたようだった。

「運良く、皆、避難できた。だからってなあ！」

ここでぐっと顔を近づけてきた等々力が、鬼の形相でこう叫ぶ。

「お前がやったことが許されるわけじゃねえぞっ」

「ま、待ってください！　やってませんって！」

遅すぎる無実の主張は最早、等々力の耳には届いていなかった。

「ふざけるなっ！　証人がいるって言ってるだろうがっ！」

「ふざけてませんっ！　だって僕、昨夜は家に帰らなかったんですからっ」

「嘘をつけっ」

正直に答えているのに、嘘と決めつけた等々力は、やにわに僕の腕をとると、

「来いっ」

と歩き始めた。引きずられるようにして向かう先がパトカーだとわかり、このまま逮捕されてしまうんじゃあ、と焦りが増す。

どうしたらいいんだ、と、動揺のあまり少しも働かない頭をなんとか駆使していた僕の脳裏

LICE

に、ぽん、とある単語が浮かんだ。

「アリバイ!!」

「なんだと?」

いきなり叫んだ僕を、等々力が不審そうに振り返る。

よかった、聞く耳を持ってくれたと微かに安堵《あんど》しつつ僕は彼に、自分の主張を再び叫んだ。

「僕にはアリバイがありますっ」

「なんだと?」

またも鬼の形相になった彼に僕は自分のアリバイを証明してくれる男の名を告げ、リアクションを待った。

「所長が——羽越さんが、僕のアリバイを証明してくれるはずです」

「なんだと?　羽越が?」

ようやく聞く耳を持ってくれたらしい等々力が、眉を顰《ひそ》め問い返してくる。

「聞いてみてください!　羽越さんに!」

放火犯じゃないと証明できるはず、と訴える僕を、等々力は一瞬、じっと見下ろしたあと、わかった、というように小さく頷いた。

「聞いてやろうじゃないか」

そう告げ、等々力が再び僕の腕を引いて歩き出す。

犯人扱いから、容疑者扱いくらいにまでは疑いを薄められたんじゃないかとは思うが、相変わらず等々力の、僕の腕を摑《つか》む手は緩まない。

逃亡させまいということだろうとわかるだけに、憂鬱《ゆううつ》さからまた僕は溜め息を漏らしそうになったが、犯人と疑われたことを憂う以前に、どこの誰がなぜ僕の部屋に灯油を撒いて火をつけたのか、それを考えるべきだろう。

とはいえまるで心当たりなどないのだが、と、早くも途方に暮れてしまっていた僕と、そんな僕に疑念の目を向けている等々力を乗せ、パトカーは徒歩にして十分足らずの羽越の事務所へと向かっていった。

3

五分もしないうちに僕と等々力《とどろき》は羽越《はねこし》の事務所に到着した。

相変わらず等々力は僕の腕をがっちりと摑《つか》んだままでいたのだが、狭い階段は大人の男二人が並んで上るのは大変で、渋々等々力は腕を放すと、僕に先に行け、と命じた。

「本当に昨夜はここにいたんですよ」

ここまでの車中で僕は、隣人である田原《たはら》という学生の——名前は初めて知ったが——目撃証言が、ちっとも『目撃』じゃないことを等々力から聞き出していた。

田原は、隣室に——僕の部屋にいた人間が灯油を撒《ま》き火をつけた音を『聞いた』だけだった。

部屋を駆け出していった足音は聞いていたが、それがどういった人物なのかということは少しも『見て』いなかったというのである。

燃えてしまったアパートは壁が非常に薄いため、日々、隣の部屋や下の部屋の物音には悩まされてきた。会話こそはっきり聞こえないものの、中にいるのが一人なのか二人なのかくらいのことは、積極的に聞こうと思わなくても伝わってくる。

だからこそ僕は、隣人とはできるだけかかわらないようにしていたのだが、それは今は置いておいて、田原の証言によると、僕の部屋に入った人物はごく普通に鍵を開けて室内に入ってきたとのことだった。

それが深夜三時頃で、帰宅が遅いなと思っていたところ、ばたばたと足音を立て、『僕』――と田原が思っていた人物は部屋を出ていったという。

その直後に僕の部屋から火が出たため、田原の証言により僕が放火犯と疑われたのだ。

過去形ではなく現在進行形で疑われているということは、等々力が厳しい目をし、早く行けと促してきたその態度からよくわかった。

階段を上り、三階に到着する。ドアの前に立つと、等々力が再び僕の腕をとった。

ここまで来て、逃げやしないけどと、心の中で密《ひそ》かに溜《た》め息《いき》をつきつつノックする。

「おかえり。あいているよ」

ドアの向こうから、実にのんきな羽越の声が聞こえたが、彼は今、『おかえり』と言わなかったか、と僕は驚き、思わず等々力を見てしまった。

「磨《す》りガラスにシルエットが映ってんだろ」

「なるほど」

なぜ僕だと言い当てたのか、その答えをあっさり見抜き教えてくれた等々力は、感心する僕を呆《あき》れたように一瞥《いちべつ》したあと、やにわにドアノブを掴んだ。

「邪魔するぞ」

僕の腕を引き、室内へと入る。

「お手々繋《つな》いでどうしたの。仲良しアピール？」

おはよう、と満面の笑みで僕らを迎えてくれた羽越は、まさか本気で思っているわけじゃないよな？　という問いをしかけてきた。

「なわけあるか」

等々力が吐き捨て、羽越をキッと睨《にら》む。

「昨夜――いや、今日の午前三時。お前、彼のアリバイを証明できるか？」

彼、と言いながら等々力が僕を見る。

「三時？」

きょとん、とした顔をした羽越が問い返してきたのを見たとき、僕は今更のように、三時なら彼も寝ていたかも、という可能性に気づいた。

僕が目覚めたのはこの事務所のソファだ。彼は生活スペースの、おそらく寝室で休んでいたに違いない。

今朝、僕は彼に声をかけずに事務所を出た。深夜三時にも同じく事務所を抜け出したのでは、と問われたら、羽越には『わからない』としか答えようがないんじゃないかと思う。

どうしよう——アリバイが証明できなければ、このまま等々力に警察に連れていかれるに違いない。まさに万事休す、と天を仰いだ僕の耳に、あまりにあっさりと言い切った羽越の声が響いた。

「できるよ」

「できる？」

「え？」

等々力が大声を、僕が間の抜けた声を上げる中、羽越は、にこやかに説明を始めた。

「三時頃まで僕は、寝ている環君《たまき》を横目にワインを飲んでいたからね。そろそろ眠くなったのが三時を少し回った頃だった。テーブルに突っ伏したまま寝ている環君を放置するわけにはいかない、と、あのソファに運んであげたときにも、そこの時計を見た。確か午前三時二十二分……だったかな」

「……そうか……」

等々力が呆然《ぼうぜん》とした声を出しつつ、僕の腕を放す。

「で？　深夜三時に何があった？　環君にはなんの容疑がかかっているのかな？」

それを見て羽越はにっこりと微笑《ほほえ》むと、改めて等々力に問いかけた。

「放火だよ。彼のアパートが全焼したんだが、火元が彼の部屋だった。しかも火をつけたあとに駆け去った足音を隣室の学生が聞いている」

「それが深夜三時だったというわけか。となると誰かが環君の部屋に忍び込んだってことか」

「まあ、彼のアリバイが成立しているというのなら、そういうことになるが」

等々力はまだ僕に対する疑いを捨て去っていないらしく、不本意そうな声を上げ、じろ、と僕を睨む。

「アパートに火をつけられる心当たりは？　誰かに恨みを買う覚えはあるかな？」

羽越が僕へと向き直り問いかけてくる。

「いえ、別に……」

人付き合いはそう得意じゃないから、気を許して付き合える相手はあまりいない。とはいえ、それだけに人に恨みを買うケースはそうそうないんじゃないかと思う。

恨まれるような密接な関係を築いてきた人間などいないし、と首を横に振りかけた僕だったが、続く羽越の問いには絶句することとなった。

「そもそも、なぜ君は前の会社を辞めたの？」

「……っ……それは……」

　その理由はなんとも説明しがたい。しかも『理由』となる人物はおそらく、僕を恨んでいることはないだろう。

　どちらかというと僕が『彼』を恨んでいるわけなのだが、それを敢えて知らせるのも躊躇《ためら》われ口を閉ざす。

　言わずにすませられるものなら、すませてしまいたい。第一、今聞かれているのは『僕に恨みを抱いている』人に関してなんだし、と口を閉ざすことを選択した僕を、またも仰天させる言葉を羽越は口にした。

「ねえ、環君。君、ゲイだろう？」

「はいっ？？」

「なんだとっ⁉」

　唐突な問いかけに驚き、絶叫する僕の声と、同じく仰天したらしい等々力の声が重なって響いた。

「ゲイ？」

　等々力がまじまじと僕の顔を見下ろしてくる。

「……はあ、まあ……」

カミングアウトなどするつもりはなかったが、嘘をつくのは躊躇われ、曖昧《あいまい》に頷《うなず》くことで肯定の意図を伝えようとした。

「まあ、ゲイでもなんでもいいけど、それってなんだ？　ゲイがらみで恨みを買ったってことか？」

僕がゲイだという指摘に、最初こそ興味を覚えた素振りをした等々力だったが、すぐにその興味は失せたようで——というより、犯罪のほうに興味を覚えたようで、身を乗り出し羽越に問いかけている。

聞くなら彼じゃなくて僕じゃないのかと、そう思わないでもなかったが、きっと彼に聞かれた羽越が僕に聞き、僕が答える——と順番がちょっと前後するくらいだ。

そう思い、羽越を見る。羽越も僕を見返したものの、予想していた『どういうこと？』という問いが彼の口から発せられることはなかった。

「君は昨日、会社をクビになった。原因は君の性志向……違うかな？」

「……違いません……」

なんでわかるんだ、と心の底から不思議に思いながらも僕はがっくりと肩を落とした。

「君の勤務先は？」

もと、だけど、と問われ、これも見抜かれているのだろうか、と思いつつ社名を答えた。

「沢渡《さわたり》エンジニアリングです。そこの総務部にいました」

「沢渡エンジニアリング。半導体の老舗《しにせ》だ。同族会社だったっけ」

「……はい。そのとおりです……」

確かに業界内では有名だが、世間的に著名とは言い難い。それを知っているとは、と感心した直後、もしや羽越は一般的知識からではなく沢渡エンジニアリングについて何か調査をしていたのではないかという可能性に気づいた。

「現社長は沢渡一郎《いちろう》。創業者の孫で三代目となる。息子がいるね。専務の一麻《かずま》だ」

「……やっぱり、何か調査をしていたんですか？」

「え？」

途端に羽越がきょとん、とした顔になる。

「何か、沢渡エンジニアリングについて調べていたんですよね。そうじゃなきゃ社長や専務の名前まで」

知るわけがない、と続けようとした僕の声にかぶせ羽越が言葉を続ける。

「別に調査なんてしていないよ。沢渡エンジニアリングといえば一流企業じゃないか。そのくらいのことは一般常識だよ」

「一般常識じゃねえと思うがなあ」

肩を竦《すく》める等々力に、思い切り同意の意図を込めて頷く。

「なんで？　上場企業じゃない」

「お前くらいだよ。四季報一冊分、まるまる頭に入れているのなんか」

「四季報一冊分ーっ？？」

ありえない、と大声を上げた僕に、

「で」

と羽越が声をかける。

「君はなぜ、クビになったの？」

「はあ……」

別に隠すこともない。明かすこともないのだが、と思いつつも僕は、まあいいかと説明を始めた。

「……なんとも恥ずかしい話ではあるんですが、その、僕は先ほど羽越さんが指摘したとおりゲイでして、入社後、社長の息子の一麻専務と付き合い始めたんです」

「役員面接で見初《みそ》められたんじゃないの？　で、自分の直属の部下にした」

「……そのとおり……だったみたいです」

なんでわかるんだろう。不思議で仕方がないが、そこを追及するのはあとからでもできる。

とりあえず説明を終えようと言葉を続けた。

「最近、一麻専務に縁談が持ち上がったんです。有名代議士のお嬢さんで、先日結納がすんだんだそうです。それで僕はクビになりました。何をしたわけでもありません。もと恋人が自分の近くでちょろちょろするのがうざったかったみたいです。あとくされなく別れようとしたのかもしれません」

ここまで一気に喋《しゃべ》ったあと、羽越を見る。羽越はただ、続けて、というように微笑んでみせただけだった。

それなら最後まで話すかと口を開く。

「クビにされた理由は無理矢理《むりやり》作られたものでした。仕事中、私用でインターネットを使ったから……確かに、何度かしましたが、それは全社員、していることです。みんながしているからしていいと思ってるわけじゃありませんが、僕はスケープゴートにされた形で退職を余儀なくされました」

「ひでえ話だなあ」

羽越はノーリアクションだったが、等々力は違った。同情を声ににじませ相槌《あいづち》を打ったかと思うと、僕に労《ねぎら》いの言葉を告げる。

「悪い男にひっかかっちまったんだな」

「はい……」

昔から僕は男運が悪いのだ。そう言おうとしたそのとき、聞き覚えがあるメロディが室内に響きわたった。

「おっと」

なつかしの『西部警察』——大門《だいもん》軍団かよ、と思いつつ「おう、俺だ」と応対に出る等々力を見るとはなしに見やる。

「なに？　殺し？」

そのとき等々力の顔色が変わった。

「わかった。すぐ向かう。現場は？　被害者は？」

電話に向かい、立て続けに問いを発していた等々力だが、次の瞬間、ぎょっとしたように見開かれた彼の目が真っ直ぐに僕へと注《そそ》がれた。

「？」

何だ？　と見返していた僕の耳が、信じがたい言葉をとらえる。

「殺されたのは沢渡一麻……だと？」

「ええーっ？？」

そんな馬鹿な、と僕が大声を上げている間に、等々力は、

「すぐ行く」

とだけ告げ電話を切ってしまった。

「あ、あのっ」

状況がはっきり見えない、と詳細を問おうとした僕の腕を、等々力ががっちり摑む。

「お前かっ！　お前がやったのか！」

「なわけないでしょうっ」

問いかける等々力の目は、とても冗談を言っているようには見えなかった。本気で僕を疑っているらしい彼に対し、必死で弁明を始める。

「確かに酷い目には遭わされましたよ。でも殺そうなんて、思うわけないじゃないですか。僕にはそんな勇気、ないですよ。第一専務と僕とじゃ腕力だって違うし……っ」

「とりあえず署まで来てもらおう。話はそれからだ」

そう告げ、僕の腕を引いた等々力の目には、これでもかというほどの疑念の色があった。

「僕じゃない！」

堪らず叫んだ僕の耳に、実に呑気《のんき》な羽越の声が響く。

「やってないなら、すぐ釈放されるはずだよ」

まあ頑張って、と羽越がひらひらと手を振り、等々力に引きずられていく僕を見送っていた。

「そんなっ！　もっと親身になってくださいよーっ」

一応、雇用主なんだし、と救いを求めた先では、羽越がにこにこ笑いながら尚も手を振っている。

だめだこりゃ——僕を擁護してくれる人間は一人もいないらしい。そう思い知らされた瞬間だった。

「行くぞ」

等々力が厳しい声で僕を促す。

もうどうにでもなれ、とやけっぱちになりながらも僕は、こうも立て続けに自分の周辺で不幸が起こることに幾許《いくばく》かの違和感を覚えていた。


羽越の予想はある意味正しく、警察に連れていかれたものの、僕はすぐに釈放された。というのも、一麻の死亡推定時刻が、午前二時から三時の間だと特定されたためだった。その時刻には僕には鉄壁のアリバイがある。まあ、僕自身は寝ていたが、と空を仰ぎ溜め息

をついた僕は、行くあてもないので羽越の事務所に戻ることにした。

「おかえりー」

物憂げな声で迎えてくれた羽越に「ただいま戻りました」と挨拶《あいさつ》し、改めて彼がだらしなく座っていた席の前へと向かう。

「いろいろとご迷惑をおかけしまして申し訳ありません。それに、アリバイも証言してくださりありがとうございました」

事務所に戻ったらまずは謝罪と礼だ、と考えていた僕はそう言い、深く頭を下げたのだが、対する羽越のリアクションは、僕が想像していたものとはかなり違った。

「留守電に数件依頼の電話が入っているからさ、折り返しかけて詳細聞いてくれる?」

「あ……はい」

てっきり『どういたしまして』とか『気にしなくていいよ』という、決まり文句か社交辞令、もしくは『ちょっと困るんだよね』系のクレームがくると思っていたのに、まるで無視だ。

もしかして彼なりの『気にするな』という親切心なのかな、と思いつつも僕は再度、

「本当にありがとうございました」

と頭を下げてから周囲を見回し、どうやら僕用と思われる事務机へと向かった。

『どうやら』というのは、机の上に書類が堆《うずたか》く積まれていたり、読みさしと思われる雑誌が

と判断した。

無造作に広げられたりしていたためだが、他に電話がある机がないので多分、そうなのだろう

　書類をかき分け、雑誌を閉じてその上に載せると、ようやく姿を現した電話機の、赤く点滅している留守電再生ボタンを押してみた。

『用件は、さん、件です』

　機械的な女性の音声のあとに、伝言が入っていた。

　一件目は飼い猫が行方不明になったので探してほしいという年輩と思《おぼ》しき女性からの依頼、二件目は若い男からで恋人の浮気調査、三件目はなんと、息子のゴミ溜めのような部屋を片づけてほしいという母親からの依頼だった。

「……最後のは、これ、探偵の仕事じゃないですよね……」

　折り返し電話をかけるにしても、と羽越を振り返る。

「探偵と便利屋を取り違える人って結構いるんだよね」

　羽越は肩を竦めたあとに、

「君が受けたいなら受けてもいいよ」

　とにっこり微笑みかけてきた。

「……あの、それはどういう……」

問いながら答えを予測する。

「やるのは君だから」

今度は予想どおりの言葉を口にした羽越に僕は、

「断ります」

と返事をし、受話器を取り上げた。

一件目の依頼人に電話をかけようとし、待てよ、と気づく。

「あの」

「なに?」

電話がかかってきた時間は、今日の午前十一時半、今から三十分前だった。ということは事務所内に羽越はいたのでは、と思わず彼を振り返る。

「……いましたよね?」

「いたよ」

それが何か、と言わんばかりに羽越が即答する。

「トイレかなにか?」

電話に出なかった理由を聞いたつもりだったのだが、通じなかったのか、はたまた通じて尚とぼけているのか、羽越は、

「そりゃトイレくらい行くでしょう」

と笑うと「さあ、早く仕事して」と促してくる。

「……わかりました」

電話に出るのは僕の仕事。そういうことなんだろう。他に理由があるのかもしれないが——たとえば、依頼の電話はすべて録音に残したいから、わざと最初は留守番電話にする、といったような——雇用主の命令に従おう、と僕はもう一回、留守電を聞き直し、連絡先と名前のメモを取ったあとに、最初の女性へと電話をかけた。

今度は彼女が留守だったので折り返し電話がほしいと伝言を残し、受話器をおろす。

二人目にかけようとし、今更ながら僕は、詳しい内容を聞いたあとに依頼を受けていいか否か、どうやって判断すればいいのかと疑問を覚えた。

一とおり聞いてからまた折り返す、と電話を切るのか。それとも通話を待たせ、羽越に聞けばいいのか。

「あの、すみません」

一応事前に聞いておこう、と羽越を振り返った僕は、目に飛び込んできた光景に思わず絶句してしまった。

「あー、なに?」

羽越は今、イヤホンでラジオを聞きながらスポーツ新聞を赤ペンでチェックしていた。

「今、し、仕事中……ですよね？」

「うん」

頷いたものの、羽越の視線はすぐに新聞へと戻り、真剣な眼差しで紙面を見つめ始めてしまった。

「あの、どういった依頼は受け、どういったものは断るというルールみたいなものはあるんでしょうか」

問いかけたが返ってきたのは、

「そうだなあ」

という生返事だった。

「最初の猫探しは受けますか？　次の浮気調査は？　内容だけ聞いたらまた電話するって言えばいいでしょうか」

「探偵に仕事を依頼しようなんて思う人間は切羽詰まっているケースが多い。二度手間三度手間になったら余所《よそ》に依頼するんじゃない？」

歌うような口調で答える羽越は、相変わらずスポーツ新聞から顔を上げようとしない。

競輪だか競艇だか知らないが、今が勤務時間中なら仕事を優先すべきでは、という思いがつい声に出てしまった。

「それならどうすればいいでしょう。しつこいようですが最初の猫は受けますか？　浮気調査は？」

今聞いてやる、と問いかけると、羽越はなぜか、やれやれ、と呆れたように溜め息を漏らしつつ顔を上げた。

「だから、君がやりたいものだけ受けるといいって、さっき言ったじゃない」

「僕が決めるんですかっ？」

まさか、と思い問いかける。

「そう」

頑張って、と微笑むと、またも羽越は視線を紙面に戻してしまったが、そりゃ困る、と僕は立ち上がり彼のデスクに駆け寄った。

「あの、まさかと思いますけど、受けた仕事をするのは僕ですか？」

「そう……だけど？」

だから言ったじゃない、と、幾分うるさそうに告げる羽越に、

「無理ですよー！」

と、ごくごく常識的と思しき見解を告げる。

「無理じゃないよ。君、探偵助手の募集に応募してきたんでしょ？」

「そう、助手です。助手！　昨日まで素人だったんですから、いきなり探偵やれって言われても無理です！」

この主張もまた、ごくごくまっとうだったと思う。だが、羽越にはそう感じられなかったようだ。

「甘えたこと言ってもらっちゃ困るな。即戦力にならなきゃ、雇ったりしないよ」

呆れた口調でそう言われてしまっては、何も返せなくなった。この就職難のご時世では、どう考えても『即戦力』という羽越の主張のほうが正しい。

考えが甘かった、と猛省し項垂《うなだ》れた僕の耳に羽越のどこか間の抜けた声が響く。

「わかったらさ、よろしくね。なに、わからないことがあったら聞いてくれればいいから」

頑張ってね、と微笑んだのは一瞬で、羽越はすぐ紙面に視線を戻し、これ以上ないほど真剣に眺め始めた。

「…………頑張ります…………」

クビになった会社でも僕は、新入であることに胡座《あぐら》をかいていたように思う。仕事は教えてもらうものだ。そう思い、与えられる指示を待っていた。

不当な解雇だと思ったけれど、ある意味、クビになっても当然だったのかもしれない。

勿論《もちろん》、多くの社員はぬくぬくと安易な環境に甘んじてはいたが、と同僚たちを一人一人僕は思い浮かべてしまっていたが、すぐそれが意味のない行為であると気づいた。

彼らはクビにならず、僕がクビになったのは狡《ずる》い——そう思ったところで、実際クビになってしまったのだから今更、なのだ。

これで自分がバリバリ働いていた、とか、会社に利益を与えていた、という自覚があるならともかく、そうじゃないんだからもう、過去はすっぱり捨てるべきだろう。

同時に僕は、今となっては『探偵助手』をする必要がなくなった、ということにも気づいた。

僕が探偵からスキルを盗もうとしていたのは、実は沢渡専務の弱味を握ろうとしたためだ。

その沢渡専務が亡くなった今、探偵の仕事を続ける意味はない。なら辞めればいい。まあそういうことなんだろうが、ここで職を失うと次なる就職先は見つからないだろう。

だから、というわけではない。なんとなくここで働き続けたい。その希望はあった。その理由はよくわからないが、と思いつつ、僕は席に戻ると、一件目の依頼人の番号をダイヤルした。

『もしもし？』

今度は応対に出た依頼人に、探偵事務所を名乗り用件を問う。

『言ったじゃん。浮気調査だよ。できんの？』

電話の向こうの若者は居丈高、といった感じだった。

「勿論できます……が、まずは詳細を……」

言ってしまってから、本当にできるのかと不安になる。

『依頼って電話ですむの？』

その上、男にそう指摘され、普通は来訪してもらって話を聞くんじゃないかと今更のことに気づいた。

「いえ、事務所にいらしていただけたらと……」

アポイントメントを、と申し出ると、男はあからさまに面倒そうな声を出した。

『えー、電話じゃダメ？　さっきよさそうなこと、言ったじゃない』

「いや、言ってません。電話でお話をお聞きするのは限界があると思いませんか？」

『えー、あるかな。写真だってメールするよ。彼女の名前や住所も。それでいいでしょ』

「それは少々難しいです」

実際対面しないで依頼を受けることも、電話の向こうの彼が言うようにまあできなくはないだろう。

だが支払いの段になり問題が生じるのでは、と気づくことができたのは、自分で言うのもなんだがなかなか気が回ったと思う。

まあ、当然かもしれないけれど、とここできっぱりと言い放つと、

『わかった。また電話するわ』

と男は電話を切ってしまった。

「あの？」

面倒くさくなったのか、はたまた支払いをばっくれるつもりだったのか。どちらかはわからないが、どちらにしても面倒が起こることを思えば断って正解かも——そう自分に言い聞かせていた僕は、背後から羽越に声をかけられ、はっと我に返った。

「で？　結局、金になる依頼は今のところゼロってことだね」

「あ……」

確かにそのとおり、と僕は彼を振り返り謝罪しようとした。

目の端を、三人目の依頼人の——ゴミ部屋掃除依頼のメモが過《よ》ぎる。

金になるのなら、この、探偵向きというより便利屋向きといったほうがいい依頼を受けるべきか、と羽越を見やると、

「ま、そういうこともあるよね」

羽越は意外にもにっこりと笑い、またもスポーツ新聞を眺め始めた。

「……はい…………」

無理はするな。そう言われたと解釈していいんだろうか。ちょっと自分にとって都合がよすぎる気もするが、今はそう判断させてもらおう。

僕の座右の銘の一つに、『無駄な努力はしない』というものがある。加えて僕のモットーには『人生、なるようにしかならない』という、実に他力本願的なものもあった。

雇用主が厳しいことを言わないのなら、まあいいか。そんないい加減な態度を取っている場合ではないような一大事が自分の身にこの先起こることなど、未来を見通す力のない僕に当然わかる由《よし》もない。

それで僕は、次に電話がかかってきたときにも、こんなふうに依頼に結びつかず終わってくれるといいな、などと思いながら、少しも鳴る気配のない電話を横目に、せめて自分の仕事スペースだけでも作ろうとデスクを片づけ始めたのだった。

4

「さて、今日はそろそろあがろうか」

時計の針が午後六時を回ると、羽越は自席で大きく伸びをし、僕にそう声をかけてきた。

「事務所の営業時間は六時までなんですか?」

そういうことなんだろうなと予想し問いかけると、

「まあ、なんていうの?　その辺は臨機応変に」

羽越は肩を竦めてみせたあと、いい加減なんだなと思っていた僕ににっこりと笑いかけた。

「お疲れ。今日はもういいよ」

「お疲れさまでした。失礼……」

します、と頭を下げかけ、今更のことに気づく。

「あ」

お先に失礼しようにも、僕には帰るべき場所がない。

アパートは火事で燃えてしまったし——と途方に暮れたそのとき、

「ああ」

同じことにどうやら羽越も気づいたようだった。

「帰る場所、ないんだっけ。ご両親は?」

「実家はその……ちょっと遠くて……」

僕の実家は九州にあり、両親はそこで暮らしている。

なので『実家が遠い』は嘘じゃないのだが、僕が実家に帰れないのには『遠い』以外の理由があった。というのも、東京《とうきよう》の大学へと通うことになったのを機にゲイであることをカミングアウトした結果、僕は親から勘当されてしまっていたのだ。

もう何年も連絡を取っていないので、とても頼れそうにない。何より九州に向かう金だってないんだし、と溜め息を漏らした僕の悲愴感が何も言わずとも伝わったのか、羽越の問いがようやく僕を気遣うものとなった。

「やっかいになれそうな友達、もしくは恋人は?」

「友人はいません。恋人も」

その『恋人』は僕をクビにするという仕打ちをしたばかりか、もうこの世にはいない。

一泊やそこらなら、ハッテン場にでも行くという手はある。が、今はとてもそんな気分にはなれなかった。

最悪、ビジホにでも泊まるか。それともカプセルホテルに行くか、と、近場の施設を探そうとしたそのとき、思いもかけない言葉が羽越の口から発せられた。

「泊まるとこないんなら、ここに泊まれば？」

「え？　いいんですか？」

それは非常に助かる。が、本当にいいのだろうか、と問いかけると、

「部屋数だけはたくさんあるからね」

羽越はそう笑い、どうぞ、というように生活スペースに通じるドアを手で示した。

「ありがとうございます……っ」

感動が僕の胸に溢《あふ》れていた。昨日採用したばかりの僕に対し、なんと親身になってくれるんだ、と感激も新たに羽越を見返した僕は、続く彼の言葉に、あ、そういうことね、と思い切り脱力することとなった。

「等々力にも頼まれてるんだよね。君が行方をくらまさないよう、見張っていてほしいって」

「……そうなんですか……」

なんのことはない、捜査協力かよ、と脱力した僕の耳に、容赦ないとしかいいようのない羽

越の言葉が響く。

「目の届く範囲で、と言われているから、ここにとどまってほしいんだけど、どう？　なんか都合、悪い？」

「いえ、悪くはありません。どうもありがとうございます」

むっとしなかったといえば嘘になる。が、宿泊先にあてのない僕にとって、ここに泊まれるというのはまさに渡りに船でもあった。

「お世話になります」

頭を下げた僕に羽越の、呑気としかいいようのない声が響く。

「ベッドはないから寝る場所はこのソファね。食費は給料から引かせてもらうから。あれ、給料の話ってしたっけ？」

「あ、まだです」

そういや給料も、待遇も、何も確認していなかった。働かせてもらえるだけでありがたいと思っていたから、と昨日の自分を思い出し、この二十四時間は激動としかいいようのない時間だったな、と思わず天を仰ぐ。

「まあ、その辺はおいおい、決めていこう。夜ご飯、どうする？　何か食べたいものあるかな？」

「え？　作ってくださるんですか」

雇用主に食事の支度をさせるなんて悪いな、と思い問い返したことを、僕はすぐに後悔した。

「大丈夫。ちゃんと調理代も給料から差し引くから」

「……給料、マイナスにはなりませんよね？」

食費に調理費を引くとなれば、宿泊費や、下手したら光熱費も請求されるかもしれない。

探偵事務所の給与体系がどうなっているのかまるでわからないものの、結局今日の依頼はゼロだし、事務所のこの様子から、経営がうまくいってるとはとても思えない。

あ、待てよ。住居部分は高級感溢れていたか、と、僕がそれを思い出したのと、羽越が笑い出したのが同時だった。

「働いても働いても借金が増えるって？　君は面白いことを言うね」

そんな、ヤクザみたいなことはしないよ、と笑いながら羽越は立ち上がると、

「それじゃ、行こうか」

と僕に声をかけてきた。

「行くって？」

「買い物。明日から君に頼むから、頭に叩《たた》き込むようにね」

「はい？」

買い物の何を『頭に叩き込む』んだろう？　理解できなかったが羽越に「早く」と急かされ、僕は彼と共に事務所を出、近所のスーパーへと向かったのだった。


「覚えた？　肉はS店のほうが質がよくて安い。野菜はM店だ。時々高級スーパーのK店も安売りをすることがあるのでマメに覗《のぞ》くといいと思う」

「……わかりました。日用品はドラッグストア、ですね」

『頭に叩き込む』それが何を意味するのか、一時間後に買い物を終えたときようやく理解できた——が、今一つ、記憶に自信がない。

「あとは新鮮な野菜の選び方、ちゃんと復習しておいてくれよ。きゅうりなんて、基本中の基本だよ」

「……わかりました」

僕は料理——どころか家事一切苦手で、自炊はほとんどしたことがない。なのでスーパーに足を踏み入れるのもレアだった。

夕方のスーパーの混雑ぶりに遭遇し目眩《めまい》がしたというのに、羽越は少しでも安くていいものを求め二軒、三軒とはしごをするものだから、買い物の途中で僕はすっかり疲れ果ててしまった。

それでも一応メモは取ったので、あとから復習しよう、と一人頷く。

しかしこの倹約ぶりは、やはり事務所の経営はうまくいってないとしか思えないな、と僕は密かに考えながら、横を歩く、荷物を全部僕に持たせているせいで足取りが軽い羽越の顔を窺《うかが》った。

事務所——ではなく、自宅に戻ると、羽越は僕に、

「とりあえず座ってて」

と言いおき、特に手伝え、的な言葉をかけてくることはなかった。

昨日の『歓迎会』では、できないのなら無理せず座っていろと言われたが、あのときとは立ち位置が違う。

少なくとも昨日は僕の『歓迎会』で、いわば主賓——というほどのものではないが——だった。しかし今や僕は居候《いそうろう》の身である。

できないながらも手伝う姿勢は見せるべきかも、と思い、キッチンへと向かう。

「あの、手伝いましょうか」

「できないんでしょう？　ならテーブルを片づけてよ」

合理的としかいいようのない羽越の一言に僕は、

「わかりました」

と返事をすると、ダイニングへと引き返し、テーブルの上を片づけ始めた。

片づける、といっても、新聞が広げてあったのを畳んだり、朝、飲んでいたのではと思われるコーヒーカップを流しに運ぶくらいで、すぐに終わってしまった。

「あの……」

他にやることは、とキッチンへと聞きにいったが、

「テレビでも観ていて」

と追い出されてしまった。そういや自分でなんでもやるのが好きだったんだよな、と彼の言っていたことを思い出しつつ僕は「わかりました」と返事をし、ダイニングへと戻った。

テレビをつけるとちょうどニュースをやっていた。しかもタイミングがいいというか悪いというか沢渡エンジニアリングの専務が殺されたというニュースで、思わず画面に見入ってしまう。

『今日未明、沢渡エンジニアリングの専務、沢渡一麻さん、二十八歳の他殺体が発見されました。発見場所は沢渡さんの自宅マンションで、現場の状況から警察は顔見知りによる犯行の線

で捜査を進めています』

「……マンション、だったんだ」

現場は、と呟《つぶや》いた僕は、いきなり背後で声がしたのに驚き、ソファの上で飛び上がってしまった。

「警察はその辺のところ、まったく教えてくれなかったの？」

「うわっ」

いつの間に、と振り返ったものの、早く話せと目で促され、警察でのやりとりを語ることとなった。

「等々力さんに捜査本部に連れていかれたときにはもう、死亡推定時刻が特定できていたんです。それが深夜二時から三時の間だったので、事情聴取されるより前に等々力さんが解放してくれました」

「等々力も甘いよね。まあ、専務側でゲイばれを避けたかったのかもしれないけど」

羽越が肩を竦め、手にしていた皿をダイニングテーブルへとおろす。

「ちょっと待ってください。甘いってどういう意味です？　羽越さんは僕が犯人と疑っているんですか？」

聞き捨てならない。食ってかかった僕を羽越は冷たい目で見返した。

「君のことはまだ二十四時間分しか知らないんだよ。信用しろと言うほうが無理だろう」

「……まあ、そうではありますけど……」

アリバイだってあるんだし——何よりそのアリバイを証明してくれたのは自分じゃないか、と恨みがましく睨むと、羽越は、

「だから、君がどうこうというんじゃなく、一般論だよ」

なぜ、わからないかな、と言いたげにまたも肩を竦めた。

「一般論？」

意味がわからず問い返すと羽越はべらべらと彼の持論を述べ始めた。

「確かに僕は君のアリバイを証言した。そのため君は容疑者リストから外れた。でもここで考えてみてほしい。君が遺体になんらかの細工をし、死亡推定時刻をずらしたとしたら？」

「ま、待ってください。僕は遺体に細工なんてできませんよ？　どうやればいいんです？」

「遺体を温めたり冷やしたり……今日び、二時間サスペンスでさまざまな方法を公開しているだろう」

「観てませんからっ」

実は観ていたが、つい叫ぶと、羽越は、

「だから一般論だって」

と笑ってみせた。

「二時間サスペンスどおりにって、そうそうできるもんじゃないし」

「…………あの、結局何がおっしゃりたいんでしょう」

そもそもの主旨は、と尋ねた僕に羽越は肩を竦めてみせた。

「探偵事務所に勤めたいと言うわりには、事件に対する好奇心が足りないなと思ったのさ」

「あ……」

そういうことか、と腑《ふ》に落ちると同時に、確かにそのとおり、と僕はがっくりと肩を落とした。

「まあいい。さあ、食事にしよう」

「……はい……」

項垂れたまま僕は羽越のあとに続き、ダイニングテーブルへと向かった。

「凄《すご》いですね」

テーブルの上には所狭しと中華料理の皿が並んでいた。昨夜の『歓迎会』と遜色《そんしょく》ない。

今日も歓迎してくれるのか？　と思わず羽越を振り返ると彼は、

「悲惨な目に遭った君の慰め会だよ」

にっこりと微笑みそう告げた。

「ありがとうございます」

「さあ、食べよう」

ビールでいいかな、と、既にテーブルに運んでいた銀色の缶を差し出してくる。

「すみません」

「ビールはスーパードライが一番好きだ。僕が『ビール』といったらコレを買ってくるようにね」

「あ、はい。わかりました」

恐縮している場合じゃなかった。メモメモ、と上着を探り手帳を取り出す。

「…………」

その手帳はクビにされた沢渡エンジニアリングのものだった。改めて表紙に刷られた会社のマークを眺める僕の脳裏に、沢渡専務の顔が浮かぶ。

『君、綺麗《きれい》だね』

最初にかけられた言葉がそれだった。

『もしかしてお仲間かな？　今日、ウチに来るかい？』

その日のうちに僕は専務に自宅マンションに誘われ、抱き締められた。

何度と数えることができないくらいの回数通ったあのマンションで、一麻専務は死んだのか

——しみじみ、というのとは少し違う、なんともいえない感慨深い思いが胸に立ち込めてくる。

『環君』

会社では名字を、二人のときには愛称で呼ばれた。

『ミツ』

みつのぶ、という音の響きは好きじゃないと、専務がつけた愛称だった。

自分だけがこう呼ぶ、とご満悦だったが、実はゲイ仲間の間では僕はその名で通っている。それは内緒にしていた。

好きだったか、と言われると微妙ではあった。が、勿論嫌いじゃなかった。関係を始めたきっかけは、勤め先の役員の誘いを断れば、社内の立場が悪くなるんじゃないかと案じたためだったが、外見は好みだったし、それに随分と優しくもしてもらった。

お坊ちゃん丸出しの性格は、完璧に好みとは言い難かったが、許せない範囲ではなかった。

それなりに情もあった。だからこそ、理不尽な解雇に腹を立てたのだ。

自分にとってどうでもいい相手だったら、探偵事務所の助手になってぎゃふんと言わせてやろう、なんて考えなかっただろうし——そんなことをぼんやりと考えていた僕は、どうやら随分前から羽越に名前を呼ばれていたらしい。

「……君、環君?」

「あ、すみません! はい!」

はっと我に返り返事をすると、羽越は、一瞬、やれやれ、というように苦笑したあと、僕を仰天させる言葉を口にした。

「そもそもなぜ君は、探偵事務所に入ろうと思ったの?」

「あの……っ! 所長は僕の心が読めるんですか?」

ちょうど今、問われた内容の『答え』を頭に思い浮かべていたところだったため、思わずそう叫んだが、すぐに、そんなわけがないか、と気づいて赤面する。

「すみません。あまりにタイミングがよかったもので……」

「まあ、完璧には読めないけれど、多少はね」

「ええっ」

てっきり笑われるかと思ったところを肯定され、僕はまたも大声を上げてしまった。

「読めるんですか?」

「読む、というよりは推察する、という表現が正しい。僕は探偵だよ? 犯人の心を読めずしてどうする」

羽越が呆れた視線を向けてくる。

「……ああ、そうか」

確かに、と頷くと、なぜか羽越が笑い出した。

「君は実に素直だ。心も読みやすいよ」

「…………はあ……」

なんだか馬鹿にされているような気がする。それなら読んでみろ、と心の中で呟いた、それを羽越は実際――『読んだ』。

「読めるものなら読んでみろ――そうだな、君が探偵事務所に勤めようと思った動機。おそらく、袖《そで》にされた上に会社を解雇した専務の弱味を握ろうと思った。どうだい？　当たったかい？」

「…………………………」

大当たり。少しのズレもない、まさにドンピシャな説明に、僕は啞然《あぜん》としたあと――落ち込んだ。

「……確かに、僕は単純ですね……」

「単純じゃない。素直なんだよ」

まあ、食べなさい、と羽越が料理を勧め、自分の皿にも回鍋肉《ホイコーロー》を取り分けた。

「その専務はもういなくなったわけだけど、まだ助手の仕事を続ける気はあるかい?」

自分の分、と思ったのに、羽越は料理を盛った小皿を、はい、と僕へと差し出してきた。

「あ、自分でやりますんで」

「遠慮しなくていいよ」

恐縮する僕に羽越は押しつけるようにして皿を渡すと、今度こそ自分の分を取り始める。

「辞めたい、というのなら、それこそ遠慮なく言ってくれていい。新しい仕事や住居を決めるまでのつなぎにしたいというのでも勿論かまわない。人手はほしいからね」

自由に決めてくれるといい。羽越はそう言って笑うと、まるで付け足しのようにこう続けた。

「ハートブレイクだったり、心細かったりしたら慰めてあげるよ。いつでも声をかけてくれ」

「あの、それは一体どういう意味です?」

『慰めてあげる』という言葉に性的なニュアンスを感じ取ったので問い返しはしたものの、まあ、気のせいだろうなと僕は羽越が答えるより前に、

「あ、いいです」

と問いを引っ込めようとしたのだが、その声と羽越の声が重なった。

「ベッドにおいで、という意味だよ」

「あの、羽越さん、ゲイじゃないですよね」

普通、ゲイはゲイを見抜ける。雰囲気かまたは身にまとっている空気か、どんなに『そうではない』という態度をとっていてもわかってしまうものなのだ。

僕の見たところ羽越はゲイとは思えなかった。なのにそんな言葉をかけてくるということは、と彼の意図に気づいてむっとする。

「悪趣味ですよ。からかわないでください」

「別にからかったわけじゃないよ。『元』とはいえ――そして酷い目に遭わされたとはいえ、恋人だった相手が死んだんでしょう？　ショックも受けるというものじゃないか」

「……まあ、そうですけど……」

解雇された時点で、専務への気持ちはすっかり冷めた。だからといって、彼が死んだことに対し『いい気味だ』とか『ザマを見ろ』なんてことまでは思わない。やっぱり見知った人間が亡くなったというのはショックではあるし、まあ、悲しくもある。

うん、悲しい――よな？　と自分の胸に手を当ててみる。

嬉《うれ》しくはないが、悲しくもない。僕って薄情だな、と自分で自分が嫌になった。

「とりあえず、慰めはいりませんので」

落ち込んではいないから。そこまでは言わずに断ると、羽越は「そう？」と微笑んだ。

「いつでも受け付けているから」

「ありがとうございます」

社交辞令で礼を言い、これで話を切り上げようとした僕は、わざとらしいかなと思いつつ、

「美味しいですね、これ」

といきなり勢いよく食事を始めた。

『美味しい』というのは世辞ではなく、実際羽越が作ってくれた中華はどれも美味しかった。

買い物内容から考えるに、出来合いの、それこそ野菜と肉を入れていためるだけ、というような簡単な調理ではなく、一から全部作ったんじゃないかと思う。

短時間でこの本格中華、羽越は探偵よりも料理人のほうが向いているんじゃないか——とまで思えるような素晴らしい料理に自然と箸《はし》は進み、いつしか本当に僕は食べることに夢中になっていた。

食事が終わると羽越は僕に後片づけを命じ、自分はリビングでワインを飲み始めた。

羽越は手際がいい上に綺麗好きでもあるのか、あれだけ料理の品数があったのに洗ってない鍋は一つだけだった。あとは調理後片づけたらしい。

おかげで洗いものにはそう時間がかからなかった。し終えてキッチンを出るとリビングから

羽越が、

「一緒に飲まない？」

と声をかけてくれた。

「ありがとうございます。でも……」

今日から居候の身。それゆえ遠慮した、というのもあるが、食事中の『慰めてあげる』発言もちょっとひっかかっていたので断り、ついでにやはり働いたほうがいいのかと思い聞いてみる。

「あの、お風呂でも洗いましょうか」

「もう洗ってあるよ。僕のために何かしたいというのなら、ワインに付き合ってよ」

「……はあ……」

そう言われてしまっては付き合わざるを得ず、渋々僕は言われた場所から自分の分のワイングラスを取り出し、リビングへと引き返した。

「乾杯」

「乾杯」

ソファに並んで座り、グラスを合わせる。テレビ画面はついていたが、どうやら放映中の番組ではなく録画のようだった。

流れていたのは懐かしい洋画で、確か、とタイトルを思い出そうと画面に注意を向けたとき、羽越が話しかけてきた。

「火事で焼けちゃったアパートには、よく友達を呼んだりしていたの？」

「いえ、してません」

「家に来たことがあるのは恋人くらい？」

「……はい。まあ……」

頷いた僕に羽越がさらりと尋ねた。

「部屋に来たことがある恋人って、亡くなった専務だけかな？」

「そうですよ」

ゲイはあまり貞操観念がないという誤解を受けることはしばしばあった。羽越もそんな誤解を抱いているんだろう。

ああ、だからさっき『慰める』なんて言ったのかもな、と察しはしたが、あまり腹は立たなかった。こんなことで怒っていてはゲイなんてやってられないのだ。

「君が合い鍵を渡しているのも専務だけ？」

「ああ、そういやそうでした」

専務がウチに来ることは滅多になかったが、それでも彼は合い鍵を欲しがった。専務は所有欲が強かったというか、僕のものは自分のもの、的な思考の持ち主だったのだ。

合い鍵、返してもらってなかったな、と今更のことを思い出す。渡したことすら忘れていたのだから仕方がないか――そこまで考え、僕は本当に今更ながらある可能性に気づいて思わず、

「あーっ」

と大声を上げていた。

僕の部屋に火をつけた人間はドアを壊すでもなく室内に入っている。鍵を持っていたと判断するのが妥当だろう。

ということは、専務が犯人――？　と思いついたわけだが、すぐにその時間帯に彼は殺されていたんだった、とも気づいた。

ちょっと待ってくれよ。それなら僕の部屋に忍び込んだのは誰だ？　専務が合い鍵を渡した相手？　しかし専務自身、合い鍵を自分が持っていることを忘れてたんじゃないかと思わないでもない。

というのも、別れると宣言された――それもメールで、だ――際、彼は僕に、買い与えたものに関しては所有権を主張するつもりはない。処分したければ勝手にしろ、的なことも告げていたのだ。

続いて彼は、僕が唯一プレゼントしたマフラーは捨てる、と書いていた。合い鍵のことを覚えていたら鍵は返す、くらいのことは書きそうなものだ。

第一彼は、僕と個人的なつながりがあったことを誰にも知られまいとしていたのだから、僕にかかわるような品はすべて捨てるか返却するかしそうなものである。

「……………わからないな……」

となると、放火犯と合い鍵に関連がある、という線は消えるか、と、いつしか一人の思考の世界に入っていた僕は、横から響いてきた羽越の、

「実に、興味深いね」

という声にはっと我に返った。

「何が……？　ですか？」

事件だろうか、と問いかけた僕に羽越は答えることなく、にっこり微笑んでみせるとひとこと、

「さあ、明日も早い。もう寝ようか」

そう告げたあとに、やにわに立ち上がった。

「僕は寝るよ。君はワインを飲みたかったら飲んでいてくれていい」

「……はあ……」

何がなんだかわからない。てか、ワインを飲みたかったのは羽越で、僕じゃなかったはずだけれど、と唖然としているうちに羽越は、

「僕はこれから風呂に入るが、君はいつ入ってもらってもかまわないよ。ああ、着替えがないか。新しい下着と寝間着も用意してあげよう」

思いつくがままに喋っているとしかとれない、そんな風にべらべらと話しながらリビングを突っ切り、彼の寝室と思しき部屋へと向かっていった。

「はい、下着と寝間着と明日の服」

五分もしないうちに戻ってきた羽越が、僕に次々と彼が口にした品物を渡すと、

「それじゃ」

と微笑み去っていく。

「あ、ありがとうございました」

何もかもが唐突で、ただただ唖然としてしまいながらも僕は、立ち去りかけた彼の背に、なんとか礼を言うことができた。

と、羽越の足が止まり、肩越しに僕を振り返る。

「寂しくなったら、ベッドにおいでね。慰めてあげるから」

「……それは遠慮させていただきます」

やはり彼の真意はわからない。そう思い知らされた瞬間だった。

「いつでも受け付けているからね。おやすみ、環君」

笑いながらリビングを出ていく彼の背を見送る僕の頭の中には数え切れないくらいのはてなマークが溢れていた。最大の疑問は執拗《しつよう》に『慰めてあげる』と繰り返す羽越の真意は一体どこにあるのかというものだが、と首を傾《かし》げた直後に、『最大』は誰が僕の部屋に火をつけ、誰が専務を殺したかのほうじゃないか、と気づいて愕然《がくぜん》とする。

知らないうちに、すっかり羽越のペースに巻き込まれているような気がする。

ともあれ、当面は寝る場所と仕事にありつけた。そのことを喜ぼう、と無理矢理自分に納得させると僕は、飲めもしないワインを一気に呷《あお》り、わずかにともった希望の光に一人祝杯をあげたのだった。

5

「おはよう、環君《たまき》。出かけるよ」

前日、飲めないワインをしこたま飲んだため、いつの間にかリビングのソファで寝ていた僕は、羽越《はねこし》の大声に起こされ、何事だ、と目を開いた。

「いてて……」

二日酔いで頭痛がするし、気持ちも悪い。口当たりがよかったためについつい飲み過ぎてしまったのだと後悔していた僕に羽越がまた声をかけてくる。

「出かけるよ。シャワーを浴びてしゃきっとしてくるといい」

「……あの、どこへ？」

ようやく目が覚めてきたが、とても『しゃきっ』とできる自信はない。できることなら外出は避けたいんだけど、と思っていた僕の心理を読んだようなことをまたも羽越は口にした。

「君にとっても非常に興味深い場所だ。二日酔いだから怠《だる》いだなんて思っているときっと後悔するよ」

「……二日酔いじゃありませんから」

なんで考えていることがわかるんだよ、と気味悪く思っていたが、洗面所で鏡を見て察した。

「モロ、二日酔いだ……」

それ以外にないという情けない顔をしている自分を鏡の中に見出し、自己嫌悪に陥りながらも僕は大急ぎでシャワーを浴び、髭《ひげ》を剃ってから羽越の待つリビングへと駆けつけた。

「すみません、お待たせしました」

「それじゃあ行こう」

羽越はワイドショーを観ていたようだが、僕が声をかけるとすぐテレビの電源を切った。

「……あの……？」

画面が消える直前、映っていたのは専務の写真だった気がする。

報道されていたんだろうか。どういった内容だったんだろう。気になり問いかけようとしたが、待たせたせいか羽越は愛想なく、

「さあ、行くよ」

と声をかけたかと思うと、とっとと足を進める。

「待ってください」

慌てて僕は彼のあとを追い、事務所を出るとそのまま地下鉄の駅へと向かったのだった。


「……あの、どこに向かってるんです？」

ラッシュアワー時の地下鉄は非常に混んでいた。こんな早朝からどこへ行くつもりなのか。何度尋ねても答えは返ってこなかった。

あまり降りたことのない駅で電車を降りた羽越が向かう先がようやくわかったのは、その建物の前に立ったときだった。

「警視……庁？」

特徴ある建物の様子は、ぶっちゃけ、ドラマでしか観たことがない。警視庁に一体、なんの用が、と僕が戸惑っているうちに羽越はすたすたと建物内に入っていこうとした。

「あ、あの……っ」

民間人が自由に入っていい場所とは思えない。いや、もしかしたら広く門戸は開かれているのかもしれないが、とあわあわしながらあとに続いたのだが、自動ドアを入った途端に羽越が立ち止まったものだから、勢いあまって僕は彼の背にぶち当たってしまったのだった。

「いて」

鼻を打った、とクレームをつけようとして、羽越の前にいかにも『キャリア』といった雰囲気の中年の男がいることに気づいて慌てて口を閉ざす。

摘み出される。そう覚悟した瞬間だった。だが事態は僕が思わぬ方向へと転じていった。

「なんの用だ？　ここはもう、お前の来るべき場所ではない」

キャリア風の男が厳しくそう吐き捨て、ギッと羽越を睨《にら》む。

『失礼しましたーっ』

ここはそう言い、退散するところだろう。そう思ったのに、羽越はとんでもない振る舞いに出、僕を絶句させた。

なんと彼はいきなり内ポケットに手を突っ込み、カチューシャ式の猫耳を取り出し——ちなみに今日は黒猫だった——それを装着したかと思うと一言、

「にゃー」

怒りに燃えた瞳を向けてきていたその男に向かい、そう鳴いてみせたのだ。

「…………」

絶句したのは僕ばかりではなかった。目の前の、いかにもキャリアといった様子の男も絶句

し、まじまじと羽越を見つめている。

「す、すみません!!」

沈黙が怖かった――という部分もあった。何より怖かったのは、公務執行妨害で逮捕されることだったのだが、それを案じた僕は羽越の背を押しやるようにし、警視庁内へと向かったのだった。

「なんなんですか。その『にゃー』は」

エントランスを入ったあと、僕は既に猫耳を外していた羽越に問いかけたが、彼の答えは、

「別に」

という愛想のないものだった。

「お知り合いなんですか?」

見も知らない人間を相手に『にゃー』はないだろうと思い問いかけたが、回答を得ることはできずスルーされて終わった。

「どこに向かっているんです?」

「等々力《とどろき》のところだよ」

今回もおそらく答えてはくれまいと思いながらも一応問いかけると、意外にも答えが返ってきた。

「等々力さん？」

「ああ、僕はもう刑事じゃないから。現場に入るには等々力の協力が必要なんだ」

歩きながら説明してくれた羽越の言葉には、引っかかる部分があった。

「『もう』ってことは、もしかして羽越さん、もと刑事なんですか？」

「………………」

ちら、と羽越が僕を見る。その目は『今頃気づいたのか』という彼の心情を物語っているように見えた。

「刑事を辞めて探偵になったんですか？　だから事件があると出動要請が来る？　なんで警察を辞めたんです？　刑事で居続けたほうが事件にかかわれたんじゃあ？」

正直、わけがわからなかった。それで問いかけたというのに、この問いはさらっと無視されてしまった。

エレベーターに乗り込み、羽越がボタンを押す。すぐに指定階に到着し、羽越は大股で廊下を進み、捜査一課へと向かった。

「等々力、お願いがある」

「あれ？　どうした、羽越。珍しいな、お前がここに来るなんて」

驚きながらも愛想良く応対してくれた等々力だったが、羽越の『お願い』を聞き、ぎょっとした顔になった。

「沢渡一麻《さわたりかずま》の殺害現場に行きたい。とりはからってもらえるか?」

「ちょ、ちょっと待ってくれ。本件、いろいろやっかいなんだよ。沢渡エンジニアリングの社長からあれこれ横やりが入ってさ」

警視庁に顔の利く代議士とマブなんだそうだ、と顔を顰《しか》める等々力に対し、羽越はどこまでもマイペースだった。

「その辺の事情には興味ない。現場を見たいんだ。同行してくれ」

「簡単に言うなー」

参ったよ、と言いながらも等々力は羽越の要望を聞き入れるつもりらしく、

「五分、待ってくれ」

と言い、席を外した。

「あいつが五分といったときには八分だ」

むっとした口調で羽越が告げたとおり、ジャスト八分後に等々力は再び僕らの前へと姿を現した。

「なんとか許可を取った。それじゃ、行こう」

「……ありがとうございます……?」

羽越が礼を言わないかわりに礼を言ったはいいが、そもそも僕が礼を言うことか？　と語尾が疑問形になる。

等々力も疑問を覚えたようで、

「ああ……？」

と相槌《あいづち》が疑問形になっていた。

「さっさと行こう」

僕らの微妙な心情などさっくり無視し、羽越が明るく声をかけてくる。

「…………まあ……いいけど」

「……ですね」

なんとなく生まれた連帯感を胸に等々力と僕は頷《うなず》き合うと、颯爽《さっそう》と歩き出した羽越のあとに続いたのだった。

等々力が連れていった『事件現場』は専務の自宅マンションだった。そういやそんな報道を見たなと思い出していた僕の目の前、『ＫＥＥＰ ＯＵＴ』のテープを貼られたドアが開き、屈強な男たちが数名外へと出てきた。

「……?……」

男たちはどうやらボディガードのようで、三名ほど続いたあとに華奢《きやしや》な女性が姿を現した。目にハンカチを押し当てている。

「…………」

もしかして——頭に浮かんだ考えが正しいことはすぐに証明された。羽越がこそりと僕に囁《ささや》いてきたのだ。

「あれは峰岸《みねぎし》代議士のお嬢さんだね。沢渡専務と婚約したという」

「……そうなんですか……」

詳細は本人から聞いてはいない。が、社内に流れていた噂《うわさ》では、確かそんな名前だったと思い起こしていたとき、僕はどうやら無遠慮に彼女を見つめてしまったらしい。

視線を感じたのか、じろ、と彼女が僕を睨んできた。いけない、と慌てて目をそらしたが、再度ちらと見やると、彼女はまだ僕を睨んでいた。

不審人物とか、あるいは一日経った今でも犯人を逮捕できていない無能な警察の人間とでも思われたのかもしれない。

それなら等々力や、それに羽越だって睨んでほしいものだが、と内心憤ったものの、僕が顔を伏せている間に二人のことは睨んだのかもしれないし、と思いつつもまたちらと彼女を見ると、まだ彼女は僕を睨んでいる。

「?」

もしや面識があるのかと記憶を辿《たど》ったが、思い当たる節はない。と、そのとき現場に詰めていた警官と話していた等々力が声をかけてきたので、僕の注意は彼女から逸れた。

「入っていいそうだ。手袋はしてくれよ」

「ああ、わかった」

羽越が返事をし、ポケットから取り出した白い手袋をはめつつドアの中に入っていく。

「ほら、どうせ持ってないだろう?」

躊躇《ちゅうちょ》していた僕の鼻先に白手袋を突きつけてきたのはドアのところにいた等々力だった。

「ありがとうございます」

「いやいや。証拠隠滅でもされたらたまらないからね」

礼を言ったというのに、等々力はとても冗談とは思えない口調でそう告げ、僕が手袋をはめるまでじっと見守っていた。

「馬鹿だな」

と、先に入ったはずの羽越がひょいと顔を出し、呆《あき》れたように等々力を見る。

「馬鹿？」

失敬な、とむっとしてみせた等々力だったが、続く羽越の解説を聞いた途端、バツの悪そうな顔になった。

「環君は専務の恋人だったんだぜ。何度も部屋を訪れただろうし普通に指紋くらい残ってるだろう。犯行時につけた指紋を、今ついたように細工する、なんて馬鹿げた真似をする必要などないってことだよ」

「べ、別にそんなこと、考えてないって。ほら、さっさと入れよ」

頬を赤くし促してきたところを見ると、実際考えていたとしか思えない。

アリバイ成立してるんだけどなあ、と僕は内心溜《た》め息《いき》をつきつつ、等々力のあとに続き室内へと入った。

「…………」

懐かしい――別れ話をされたのはほんの二週間ほど前だった。ゲイであることを専務は隠していたため、外で会うことは滅多になく、デートはほとんどこの部屋でだった。

家政婦さんが作ってくれていたディナーを食べたあとにベッドへと向かう。確かにこの部屋には僕の指紋や髪の毛、それに頭髪じゃない毛も当時はいくらでも残っていたことだろう。

ただもう二週間、出入りしていないし、専務の雇っていた家政婦さんは非常に優秀で、いつ訪れても家中ピカピカだった。

　二週間の間に僕の痕跡はそれこそ彼女によって綺麗《きれい》さっぱり掃除されてしまっているだろうが、それは敢えて言わなくてもいいか、とこっそり首を竦《すく》めつつ懐かしい室内を見回す。

「遺体はリビングにあった。背後から頭を殴られたんだ。凶器はリビングに飾ってあった、えぇと、トロフィー？」

　既に科捜研に運ばれているらしく、現物はない。が、飾ってあった場所を指さしてくれたおかげで、僕はその姿をイメージすることがすぐできた。

「創業何周年だかに、社長表彰されたときのトロフィーでしたっけ。社内ではデキレースだって評判悪かったらしいですけど」

　まだ入社してはいなかったが、噂には聞いたことがあった。息子を表彰するなんて、社長もよくやるよと、社員たちは皆呆れていた。

　専務本人は『よくやるよ』とは思っていなかったようで、何度か自慢されたことがある。その自慢は以前聞きました、と水を差すのも悪いかと、そのたびに僕は初めて聞いた顔をし、

「凄《すご》いですね！」

　と彼を持ち上げたものだった。

　それが凶器となったのか、と溜め息を漏らした僕に羽越が問いかけてくる。

「どういう形状のものだったの？」

「クリスタルでした。形は細長い台形というか、ええと、台座を入れないで三十センチくらいかな。台座に何周年というのと、社長賞という金文字が入ってましたね。クリスタル部分には確か、鳩だかなんだかが彫られてたんだか書かれてたんだか……」

あれだけ何度も見せられたというのに、細かいところを覚えていないのは、そう気を入れて眺めていなかったからに違いない。

それでも一生懸命思い出そうとしていたのだが、僕に問いを発した羽越は既に凶器への興味を失ったらしく、現場となったリビングをゆっくりと歩き回り始めた。

「荒らされた形跡はまるでなし。このマンション、セキュリティはかなりちゃんとしているから、まあ、顔見知りの犯行ってことかな」

「被害者自ら部屋に招き入れる——たとえば恋人、とか」

等々力がもの言いたげな目を僕へと向けつつ言葉を続ける。

「合い鍵をもらっている相手とか」

「僕のことをおっしゃっているのなら、合い鍵はもともともらっていませんでしたよ」

鍵は三本しかなく、自分と不在中に家事をしてくれる家政婦、それに警備会社に一本を渡しているので合い鍵は渡せないと言われたのだ。

いつも部屋に行くときは一緒だったために、鍵がなくても不自由することはなかった。

「恋人……だったんだよな？」

等々力には、恋人が合い鍵をもらっていない、というのが不自然に感じられたらしく、訝《いぶか》しそうな顔になったあと、はっとした表情に変じた。

「……もしかして他に本命が……」

同情的な目を向けてくる彼に僕は、

「知りません」

と肩を竦めた。

「いたかもしれませんね」

「単なる遊び相手だったら、クビにまでしないんじゃないの？　そんなのまあ、人によるって言われたらそれまでだけどさ」

ここでいつの間にか部屋の巡回を終えたらしい羽越が僕の傍らに立ち、肩を抱いてきた。

「専務の言葉を信じるなら、家政婦と警備会社の人間以外は合い鍵を持ってなかった」

「はい。なんでしたっけ。ディンプル鍵とかいうので、簡単に合い鍵を作ることはできないタイプだって。追加で作るのには販売会社だか警備会社だかの許可が必要で、面倒だから作らないと言ってました」

喋《しゃべ》っているうちにいろいろ思い出してきた。付き合い始めた頃、専務は僕の気を引くことには結構マメで、合い鍵を渡せない言い訳をくどくどしてくれたのだった。

不便だなと思いはしたけれど、鍵をもらえないからと拗《す》ねる気にはならなかった。しかし専務があまりに申し訳ながるので、ここは一応、拗ねてみせたほうがいいのかなと思い、演技をしたことが記憶の底の底から蘇《よみがえ》ってくる。

あのときは確かに、専務は僕が好きだったんだろう。じゃあ僕は？　僕は専務を好きだったか？

イケメンだな、というのが第一印象だった。好みの顔だ。もしかしてゲイかも、と思った次の瞬間、彼のほうからアプローチがあったのだった。

付き合おう、と言われ、会社の上司、しかも社長の息子で本人も専務という役職についている男の誘いを断ることはできなかった。とはいえ、困ったなーというよりは、どちらかというと『ラッキー』という思いのほうが強かったように思う。

付き合い始めると自分勝手でわがままな性格がちょっと気になったが、お坊ちゃんはこんなもんだろうと目を瞑ることができていた。

付き合って一年半あまり。数え切れないくらいこの部屋でセックスをした。身体の相性はまずまずだったと思う。もともとセックスには淡泊なほうなので、あまりしつこくないのはありがたかった。

しかし、考えても考えても『好き』という感情が具体的に湧《わ》いてこない。

決して嫌いじゃなかった。嫌いじゃなかったけれど、と焦燥感すら抱きながら僕は、高価なカーペットの上、人型に貼られたテープと、赤黒いシミになった血痕をじっと見下ろしていた。

「お、出たな」

と、そのとき等々力の明るい声がしたものだから、はっと我に返り彼を見る。その視線の先が僕の隣に立つ羽越に向けられていることに気づき、横を見てぎょっとした。

というのも羽越がまたも、取り出した猫耳のカチューシャを装着していたからだ。

「にゃー」

このパフォーマンスの意味がよくわからない。首を傾《かし》げる僕に向かい、羽越は一声鳴いてみせると、カチューシャをしたまま再び部屋の中を回り始めた。

「合い鍵について、実際家政婦と警備会社は持っていたのかい？」

「ああ。持っていた。因《ちな》みに三つ目の——本人の鍵は犯人が持ち去ったらしく部屋の中から出なかった」

「マンションの防犯カメラは？」

「勿論チェックしたさ。死亡推定時刻近くにサングラスにマスクという怪しげな人物が映っているが、顔もわからなければ男女の判別もつかない。今、画像の分析を急がせている」

「そもそも、第一発見者は誰だ?」

「家政婦だよ。いつものように午前十時に部屋を訪れ、そこで発見したんだ」

「家政婦が怪しいってことは?」

「まずないんじゃないかな。身元もしっかりしているし。六十二歳の彼女には専務を殺す動機がまったくない。犯行時刻が深夜だからアリバイを証明できる人間はいないが、シロと見ていいだろうというのが捜査本部の見解だ」

「動機——顔見知りの犯行となると、怨恨……か。環君のようにプライベートで恨みを持つ人間か、さもなくば仕事関係か」

「あの、別にそれほど恨んでいたというわけでもないんですが……」

復讐してやろう、くらいのことは考えていただけに分《ぶ》が悪いが、殺したいほど憎んでいたというには愛情が足りなかった。まあ、言ったところで信じてもらえるかはわからないが、と思いつつも異論を述べた僕に、羽越が問いかけてくる。

「会社関係で被害者に恨みを持っていた人間はいるかい?　社長表彰がらみでもいい」

「どうでしょうね。出来はそうよくなかったかもしれませんが、飛び抜けて不出来というわけではなかったので、皆、それなりに専務のことは認めていたと思います。社長表彰といっても、お金が出るわけでもなかったみたいですし、社長は親馬鹿で仕方ないなあ、くらいのとらえかただったんじゃないかと……」

「専務に理不尽に辞めさせられたのは君くらい？」

大真面目な顔で問うてくる羽越の頭には、黒猫の耳がついている。そのギャップに、なんだか脱力してしまいながらも僕は、

「そうですねえ」

と、ここ数ヶ月で退職した社員がいたかどうかを考えた。

数名はいた。が、妙な噂が立った人間は誰もいなかったように思う。転職、それから結婚退職だったし、専務と関わりの深いような社員はいなかった。

「取引先は？　急に取引を打ち切られたとか」

「それも特に……」

専務の仕事のやり方は父親の作った道を踏襲する、というもので、目新しいことはほとんどやっちゃいなかった。

恨まれるようなことはまずないと思う、と首を横に振った僕を羽越がまじまじと見る。

「なんです？」

「君の言葉どおりだとすると、専務を最も恨んでいたのは君、ということになっちゃうよ」

「僕も恨んでませんって」

それほどは、と続けようとしたものの、言われてみれば確かにそうかも、と気づき愕然《がくぜん》とした。

「あの、物盗りの犯行とか、そういった可能性は？」

「何も盗られてないしね」

「盗る前に気づかれて、それで殺した、とかは？」

「部屋にどうやって入ったかによるねえ。専務はよく施錠を忘れた？」

「いやあ、用心深い人でしたから、必ず鍵はかけていたかと……」

答えてから、自分で物盗りの犯行という可能性を潰したことに気づき、僕は思わず溜め息を漏らした。

「別に悲観することはないさ。君には鉄壁のアリバイがあるんだから」

ね、と猫耳をしたままの羽越が、にっこりと微笑《ほほえ》みかけてくる。

「ありがとうございます。本当に」

その『鉄壁のアリバイ』は誰あろう、この羽越の証言によるものゆえ礼を言う。

「アリバイ工作のために僕を利用したんだとしたら、わからないけどね」

「え」

いきなり何を、と絶句した僕に等々力の、

「利用したのかっ」

という怒声が浴びせられる。

「なわけないでしょう！」

怒鳴り返した僕の声に、羽越の笑いを含んだ声が重なった。

「この僕がやすやすと利用されるように見えるか？　等々力」

「……まあ、それはないか……」

僕の反論より羽越の言葉のほうが、疑いを解くには効果的だったらしく、等々力ががっくりと肩を落とす。

ありがたいといえばありがたいが、それならなぜ『アリバイ工作』なんてことを言い出すかな、と恨みがましく睨んだ僕に羽越は何を思ったのか、

「にゃー」

と笑顔で鳴いてみせ、ますます脱力させてくれたのだった。

6

現場である専務のマンションを見終えると、羽越は等々力に「ありがとう」と礼を言い彼と別れた。

「さて、次は……」

羽越が猫耳を外し、独り言のように呟《つぶや》く。

「どちらに？」

てっきり事務所に戻るんだろうと思いつつ問いかけると羽越は、

「うーん」

相槌ともなんともわからない声を発したあと、

「よし！」

行き先を決めたらしく、そう大きな声を出した。

「聞き込みに行こう」

「聞き込みって、警察の仕事じゃないんですか」

テレビのサスペンスものでは確かに探偵も聞き込みをし、それなりに成果を得ている。だが現実問題として難しいんじゃないか、と僕は思わず今別れたばかりの等々力を呼び止めようと振り返った。

「探偵の仕事でもある」

さあ、行こう、とそんな僕を羽越が強引に引きずり歩き始める。

「行こうってどこに?」

「そうだな、まずは会社にしよう」

そう言う羽越に僕は思わず「会社?」と問い直してしまった。

「ああ。社内での専務の評判が知りたい。君の耳には入らないような」

「……僕の耳には……?」

小さな会社ではないので、勿論、僕の知らない社員もいるし、僕を知らない社員もいる。だが、直属の部下にして恋人でもあった僕以上に、専務のことを知っている人間はいないんじゃないかと思いはしたが、羽越のやる気に水を差すのも何かと、黙って彼に続くことにした。

会社に到着すると羽越は当然のように、専務と親しかった社員を呼びだしてほしいと頼んできて、僕を辟易《へきえき》させた。

「会社をクビになった僕の頼みなんて、誰も聞いちゃくれませんよ」

「警察に疑われているので探偵を雇ったと言えばいい」

さあ、早く、と促され、仕方がない、と僕は受付で名を告げたあと、専務の秘書だった田中《たなか》さんを呼び出してもらった。

田中さんと僕は、ほとんど喋ったことがない。が、電話口に呼び出してもらうと、

「環君、今どうしてるの？」

とやたらと親身な声を出してきたあと、すぐに行くと言い、本当に『すぐ』受付まで降りてきてくれた。

「元気だった？　今、何してるの？」

心配そうに問いかけてきた彼女は、すぐ、僕の隣にいる羽越に気づいたようで訝しげに彼を見やった。

「環さんに雇われた探偵です。少々お時間いいですか？」

「あ、はい」

頷いたあと彼女は僕に、

「探偵？」

と問いかけてきた。

「あの……」

いつの間に僕が雇ったことに、と驚いている僕が答えを返すより前に田中さんが、

「もしかして！」

と高い声を上げる。

「環君、疑われてるの？　痴情のもつれで専務を殺したって」

「えぇっ」

いきなり出てきた『痴情のもつれ』という発言に絶句した僕の横から、羽越が笑顔で彼女に声をかける。

「とりあえず、近くの喫茶店にでも行きませんか？」

「あ、はい、わかりました」

相変わらず僕に対しては同情的な視線を向けてきながらも彼女は頷き、僕たち三人は会社の前にあるビルの喫茶店で向かい合った。

「専務が殺されたと聞いてそりゃ驚きましたよ。けどまあ、ロクな死に方はしないと思ってたので」

煙草、いいですかと断ってから田中さんはポーチから取り出した煙草に火をつけ、ふう、と大きく息を煙とともに吐き出した。

「ゲイを差別する気はありませんけど、専務はそりゃ、酷かったんです。ちょっといいなと思った若い社員がいるとすぐコナかけて。で、飽きるとポイ。捨てるときには退職に追い込む。ね、酷いと思いません？」

「ええっ」

赤裸々に語る田中さんの言葉はあまりに衝撃的で思わず僕は大きな声を上げていた。

「……気づかれてないと思ってたんだ……」

そんな僕に田中さんが、同情きわまりない視線を向けてくる。

「私が知ってるだけで、環君で六人目……あれ、七人目だったかな。君が入る前にクビになっちゃってたから、知らなかったよね」

「え？　ええ？？」

田中さんを前にし、今や僕はパニック状態に陥ってしまっていた。

専務も、そして僕も二人の関係はしっかり隠しているつもりでいたというのに、まさか田中さんにばれていたというのか？

ばれていたのは田中さんだけじゃなかったりして、とふと気づいた僕の思考が読めたかのように、田中さんが言葉を続ける。

「まさか専務が結婚するとは思わなかったけど、それを理由に捨てられるなんて、ほんと、環君、気の毒だったね。でもさ、長い人生を思ったら、あんなロクデナシと早々に別れられて、よかったんじゃないかな。みんなそう言ってるよ」

「あ、あの……『みんな』って……」

おそるおそる問い返した僕の前で、田中さんは驚いた顔になった。

「え？　まさか、ばれてないと思ってた？」

「…………はい…………」

頷いた僕に田中さんは、信じられない、というように目を見開いてみせた。

「環君って、初心《ウブ》だねー」

「……ウブ、ですか……」

なんだ、みんな知ってたのか――ショックのあまり僕は放心してしまっていた。

「クビになった社員の中で、専務を恨んでいる人はいると思いますか？」

言葉を失う僕の隣で、羽越が彼女に問いを発する。

「さあ、どうでしょう。いるかもしれませんけど、殺すんなら捨てられたときって気がしないでもないですねえ」

うーん、と田中さんが煙草をふかしつつ答えを返す。

「恋人以外に専務に恨みを抱く人間に心当たりはありませんか？」

秘書なら社内でもっとも専務と近しい人間である。その判断のもと問いかけたであろう羽越に、田中さんは物憂げに煙草をくゆらせながら、

「どうでしょうねえ」

と首を傾げた。

「仕事らしい仕事はしてませんでしたから。取引先に恨まれることもなさそうだし。男関係以外で、理不尽な人事をしたことはないし……」

ないですねえ、と言いかけた田中さんが、

「あ」

と何か思い出した声を上げた。

「なんです？」

問い返した羽越に田中さんは「うーん」と言い渋ったあと、

「恨んでるかはわからないんですけど」

と重い口を開いた。

「総務部長の未来彦《みきひこ》さんは、恨んでたかもしれないですねえ」

「ええ？　総務部長が？」

驚きの声を上げた僕に、田中さんも羽越も同情的な視線を向けただけで無視し、二人で話を

始めてしまった。

「なぜ恨みを？」

「ご存じかわからないんですけど、未来彦さんって、専務の腹違いの弟なんです。社長の愛人の子なんですよね」

「ああ、そうでしたね」

僕は総務部長のことを羽越に告げたことはなかった。が、彼は既に知っていたようである。しかし総務部長が専務を殺したとはとても思えないのだけれど、と僕は『人がいい』という表現がこれほど思い当たる人物はいないと思われる沢渡未来彦部長の顔を思い起こした。年齢は一麻専務の一歳下で二十七歳、性格の良さが前面に表れた、優しげな顔立ちをしている。

実は僕の退職に際し、唯一会社にもの申してくれたのが、未来彦部長だった。結局部長の声は届かずクビになってしまったけれど、誰一人味方がいなかった僕にとってどれだけそれがありがたかったかは筆舌に尽くしがたい。

未来彦部長が社長の愛人の子、という噂は僕の耳にも届いていた。総務部長というポジションは、未来彦部長にとっては軽すぎるポジションだとは思うが、未来彦部長が不満を覚えている様子はなかった。

なのにここで名前を出すとは、と戸惑いの声を上げた僕にかまわず、会話が進んでいく。

「部長、専務がクビにした社員のことを本当に気にかけてて、そのたびに専務や会社に掛け合ってたんです。まあ、通ることはなかったけど……」

田中さんはそんな、僕がまったく知らなかったことを告げると、ふう、と煙草の煙を吐き出した。

「いい人すぎるんですよねえ。生きにくいだろうなと思いますよ」

田中さんはそう言ったあと、慌てた様子で言葉を足した。

「私も別に、部長が怪しいって言ってるわけじゃないんですよ。恨みを持つ可能性があるとしたらって話で。部長はいい人すぎて、恨むとか、そういう概念、ないんじゃないかな」

名前を出したのは単に可能性の問題で、と田中さんはバツが悪そうな顔でそう続け、その後は未来彦部長の話を出さなかった。

専務の馴染《なじ》みの店などをひととおり聞き、田中さんへの聞き込みは終了した。

「環君にとっては本当に災難だったと思うけど、まあ、人生長いしね。犬に嚙《か》まれたようなもんだと思って、頑張ってね」

別れ際、田中さんは僕を激励してくれた。まさか彼女を始め、社員たちに専務との関係がばれていたなんて、と動揺しつつも僕はなんとか、

「ありがとうございます」

と礼を言い、喫茶店を出ていく彼女を見送ったのだった。

「さて、次は、噂の未来彦部長を呼び出そうか」

「……はあ……」

僕は未だショックから立ち直れずにいた。羽越の言うとおり、まさに『僕の知らない』世界があったということに、打ちのめされていたのだった。

どうして僕は、そして専務は、社内で誰にも気づかれていないなんて思い込んでいたんだろう。隠し通そうと必死になっていたそのときどきの自分の姿を思い出し、今や僕は恥ずかしさのあまり叫び出しそうになっていた。

きっと田中さんも、それにみんなも、こそこそとやりとりする二人を見て、密《ひそ》かに笑っていたんだ。馬鹿じゃないの、と噂されていたに違いない。

ああ、もう、いやになっちゃうな――思わず深い溜め息を漏らした僕の耳に、苛《いら》ついた羽越の声が響く。

「聞こえなかったかい？　未来彦部長を呼び出してって言ったんだけど」

「ああ、すみません」

気持ち的にはそれどころじゃないんだけど、と心の中で呟きつつも僕は再び受付へと引き返し、未来彦総務部長を呼び出してもらった。

総務部長もすぐ、僕の呼び出しには応じてくれた。

「どうしたか、心配してたんだよ。再就職先は決まったかい?」

親身になってくれるのがありがたい。でもきっと未来彦部長も僕と専務の関係を知ってるんだなと思うと、彼の目を見ることができなかった。

「あの、実は僕、専務殺害の容疑者にされかけてまして、それで探偵を雇って、その……」

「ええっ! そんなことに!?」

なんてことだ、と僕がびっくりするくらい憤ってくれる専務の態度に戸惑いつつも僕は未来彦部長を羽越の待つ喫茶店へと連れていった。

「あなたが探偵さんですか。どうか環君の無実を証明してあげてくださいね」

ここでも未来彦部長は僕の保護者よろしく、羽越の前で深く頭を下げてくれた。

「そのために、お話をお聞かせいただきたいんです」

羽越が澄ましてそう告げ、身を乗り出すと質問を始めた。

「亡くなった専務はあなたの腹違いの兄だった」

「そうです。私は父の愛人の子です。認知してくれてありがたいと思っています」

部長が淡々と答え、目を細めるようにして微笑む。

「兄弟で同じ会社に勤めていた――お二人の関係はどうだったんでしょう」

尋ねる羽越に部長は相変わらず淡々とした口調で答えていった。

「いいも悪いもない、というのが正直なところですかね。専務は私など眼中になかったし、私も専務を兄とは思えなかった。それは別に兄の人格がどうこう、というものではなく、うまく言えないんですが、まあ、別世界の話、とでもいうんでしょうか。半分血はつながっているんでしょうが、僕も、そして多分専務も、その実感はなかった……と思います」

「片や専務、片や部長。バランスが悪いと、素人目には見えますが」

「だって正妻の子と愛人の子ですよ。差があって当然ですよね」

何を当然のことを、と驚いてみせる部長に羽越は、無礼と思われる質問を重ねていった。

「専務はあまり評判がいいとはいえないお人柄のようでしたが、恨みを抱く人物に心当たりは？」

「ありません。確かに評判がいいとは言い難いかもしれませんが、殺されるような恨みを抱かれる悪人でもありませんでした」

「環君同様、社員の中には手を出されて、飽きるとクビになったという若者が六人だか七人だかいたそうですが、彼らは専務を恨んでたんじゃないですかね」

「まあ、クビになった当初は恨んだかもしれませんが、皆、それぞれに第二の人生を歩んでいるようですから、今になって兄を殺すような愚行には及ばないんじゃないかと思いますがね」

「ほう、未来彦部長はクビにされた社員のその後をリサーチされていたんですか」

それはそれは、と、大仰に驚いてみせる羽越は、ぶっちゃけ、感じがいいとはいえない態度だった。にもかかわらず部長は、むっとすることもなく真面目《まじめ》な顔で頷いてみせ、さすが人徳者、と僕を内心唸《うな》らせた。

「はい。本来ならクビ自体を回避させてあげたかったのですが、私の力が及ばず、かないませんでした。行く末を見守るくらい、当然のことでしょう」

「人格者でいらっしゃいますねー」

またも感じが悪い、としかいいようのない口調で告げる羽越に対しても、部長の態度が変わることはなかった。

「そんなことはありません。ごくごく、当然のことです」

大真面目に答える未来彦部長は、いい人すぎてなんだか見ているのがつらくなってきた。

「これは形式的な質問なんですけど」

慇懃無礼《いんぎんぶれい》としかいいようのない態度のまま、羽越が問いを重ねる。

「専務の死亡推定時刻である昨日の深夜二時から三時にかけて、部長はどちらにいらっしゃいました？」

「ちょ、ちょっと、所長」

思わず声をかけ、しまった、と口を閉ざす。

「所長？」

疑問を覚えたらしい部長が声をかけてきたのに、僕は動揺し、言い訳をしようと慌てまくった。

「あ、あの、ええと」

「アリバイを教えていただけますか？」

そんな僕の横から、羽越が無礼な問いを発する。

「アリバイ、ですか」

虚を衝かれた顔になりつつも、部長は答えを返した。

「さすがにその時間は家で寝ていましたから。家族の証言は有効ではないんですよね？」

「まあ、そうですが、アリバイがあったほうが不自然っちゃー不自然でしょうね。時間が時間ですから」

羽越はそう言うと、にっこり、と微笑んでみせた。

「ありがとうございます。大変有意義なお話をお聞きできました」

「有意義……だとしたら、お役に立てて嬉しいです」

やはり人格者と言おうか、部長は笑顔で羽越に頷いたあと、僕へと視線を戻しありがたすぎる言葉をかけてくれた。

「不謹慎ではあるが、専務も亡くなったことだし、君の復職については人事に掛け合ってみるつもりだ。もう少しだけ時間をもらえないかな」

「そんな……もう復職は諦《あきら》めていますんで、無理してくださらなくても……」

数刻前なら僕は一も二もなく部長の言葉に飛びついていたことだろう。だが社員の大半が専務と僕の『関係』を知っているとわかってしまった今、もとの職場に戻る勇気はさすがになかった。

それで僕は未来彦部長にそう告げたのだが、部長はいいように誤解してくれたようで、

「気を遣わなくてもいいよ。僕に任せて」

と微笑み、ぽん、と僕の肩を叩《たた》いて喫茶店を出ていった。

「よかったね。また職場に戻れそうで」

部長の後ろ姿を見送っていた僕に、羽越が笑いかけてくる。

「あの、なぜ部長に対してあんな態度をとられたんですか？」

あまりに失礼だったと思う。非難の意味を込めて問いかけた僕に、羽越は、何を当然のことを、と言わんばかりに目を見開いてみせた。

「社長の息子は一麻と未来彦の二人だけだろう？　一麻亡きあと、会社を継ぐのは未来彦部長

じゃないのか？」

「それはわかりません。社長には別会社に勤務する弟もいますし。社長にとって未来彦部長はなんていうか……言葉は悪いですが、眼中にない存在だったようですから」

「眼中にないのか。息子なのに？」

意外そうに問いかけてきた羽越に僕は、周囲でよく語られていた社内の『常識』を伝えてやった。

「余所《よそ》には出さず飼い殺しになっている――それが未来彦部長の評価でした。社外には出したくない。とはいえ社内で重要なポジションにつけたくもない。それで『総務部長』という、重要ではないが必要不可欠のポジションに据えていた。社内ではそんな噂が立っていました」

「なるほどねえ」

羽越は感心したように相槌を打ったが、彼の口調にはどこか馬鹿にした調子がこもっているような気がした。

「所長がどう感じられたかは存じませんけど、未来彦部長は人格者だと思いますよ。できることなら、今後会社を支えていってほしいと思います。まあ、僕にはもう関係ないですが」

「人格者か否かはともかく、君が彼に好意を抱いていることはよくわかったよ」

羽越はそんな含みのある言い方をすると、

「別に好意なんて抱いてないですよ」

と言う僕の言葉になど聞く耳持たず、

「それじゃ、帰ろうか」

と唐突に立ち上がり、僕を唖然《あぜん》とさせた。

「帰るって、もう聞き込みは終わったんですか」

「終わった。これ以上聞き込んでも無駄な知識を増やすだけだ。家に帰って推理を組み立てるよ」

「……そう、ですか」

推理を組み立てるだけの材料が揃《そろ》ったということだろうか。僕にはさっぱりわからないが、と首を傾げながらも、これ以上クビになった勤め先の人間とかかわらずにすむのはありがたいと、僕は羽越に続き喫茶店をあとにしたのだった。

探偵事務所に戻ると羽越は、

「ちょっと推理してくる」

という言葉を残し、生活スペースへと消えていった。

彼が不在中、僕はかかってくる依頼の電話の応対に追われていた。

アポイントメントも数件入った。今日、これから来たいという主婦もおり、どうしようかなと思いながらも面談時間を決めた。

未来彦部長は僕に、復職の可能性を示唆《しさ》したが、彼や田中さんと会ううちに僕は、もう後戻りはできない自分をしっかり自覚したのだった。

ぶっちゃけ、自分にできるかはわからない。だがどこまでできるか試してみたい。

そんなふうに人生に対し前向きになることができたのも、職場で僕と専務の関係が公然の秘密だったとわかったからだった。

復讐――というより弱く、相手を少しでもぎゃふんと言わせたかった。その願いも今や専務の死で不可能となった。

となるともう僕に残されているのは、運良く入り込むことができたこの探偵事務所での仕事しかない。

果たして自分に向いているか否かはわからないが、こうなったらもう、やるっきゃない。

腹を括《くく》ったせいもあり、僕は自分でも感心するほどの積極性を見せつつ仕事にあたっていた。

一方、羽越は部屋にこもったきりで、少しも事務所に顔を見せることはなかった。そのため僕は今日アポイントメントを入れてきた主婦とたった一人で面談したが、僕と話すうちに主婦はどうやら『夫が浮気をしている』という思い込みから解放されたようで、

「ちょっと様子を見ます」

と帰っていき、残念ながら僕の初面談は依頼に結びつくことがなかった。

事務所を閉める時間になっても羽越は部屋を出てこなかった。仕方なく僕は『CLOSED』の札をかけ、生活スペースへと通じるドアを開いた。

「あの、所長、夕飯はどうします?」

書斎をノックし、声をかける。『どうします』も何も、僕が作る、という選択肢はなかった。

やりたくないのではなく単にできないからなのだが、それは羽越も承知してくれているはずだった。

答えがない、と首を傾げ、再び、

「あのー」

とドアをノックしたそのとき、

「夕食は適当に食べてくれ」

いきなり背後で声がしたものだから、僕は驚いて思わず飛び上がった。

「わ」

振り返り、また驚きの声を上げる。というのも、目に飛び込んできたのが、腰にバスタオルを巻いただけの羽越の裸体だったからだった。

「しゃ、シャワー浴びてたんですか」

「ああ。これから出かけるものでね」

濡《ぬ》れた髪をタオルで拭《ぬぐ》いながら羽越は僕の横をすり抜けるようにして、彼が寝室にしている部屋へと進んでいった。

「出かける？　どこへですか？」

事件に関係している先に向かうのならついていきたい。そう思った僕は彼のあとを追い、意外に逞《たくま》しい裸の背に声をかけた。

「秘密」

だが羽越は振り返りもせずそう言い捨てると、

「着替えるから」

と僕の鼻先でドアを閉めてしまった。

「男同士じゃないですか」

何が秘密だ、という思いで悪態をついたが、もしや同性であるにもかかわらずこうしてドアを閉められたのは、僕がゲイだからじゃないかと気づいた。

「あのー、別に僕は、男の裸や生着替えを見ても、欲情なんてしませんけど？」

一応、クレームをつけたが、ドアが開く気配はない。無視かよ、と思い、前を離れようと背を向けたとき、ドアが開く気配がした。

何気なく振り返り、また、絶句する。

「先に寝ていてくれ。ああ、食事はデリバリーを頼むのでもよし、冷凍庫に入ってるストックを適当に電子レンジで解凍するもよし、それも荷が重いというのなら、戸棚にカップラーメンが入ってるから、それでも食べていなさい」

一気にそう言い切り、僕を押しのけるようにしてドアへと向かっていく羽越の格好は、なんとも——派手だった。

「所長、ホストでもやってるんですか？」

光沢のある生地、しかもぺらっとして安っぽいそのスーツは、どう見ても安手のホストにしか見えない。

顔やスタイルが抜群にいいからまだ見られるが、いつもの仕立てのいいスーツのほうが断然似合うと思うのだけれど、と、僕は思わず羽越のあとを追い、その背に声をかけた。

「ホストに見えれば合格」

今度、羽越は肩越しにちょっとだけ僕を振り返ってはくれたが、そんな意味不明の言葉を残し、

「それじゃね」

と玄関のドアを出ていってしまった。

「所長！」

なぜホストに見えると合格なのか。やはり事件がらみで出かけるのか。それとも単に夜遊びに行くのか。

そのくらい、教えてくれてもいいのに、と思いはしたが、雇い主は彼である。

仕方がない、カップラーメンでも食べながら、僕も僕なりに専務殺害の推理でもしてみよう。

最初から、電子レンジでチンするだけ、という『調理』を諦め、カップラーメンを選択すると僕は一人でそれを啜《すす》った。

冷蔵庫には大量にビールが入っていたので、食後はそれを一缶もらうことにし、リビングへと向かう。

テレビをつけたが、バラエティ番組を観るような気分でもなかったので、消してさっき決め

たとおり事件の推理をすることにした。

専務を殺したのは誰なのか。専務に恨みを持つ者で、専務の部屋に入れる相手。そして安心して背を向ける相手。

「二週間前までの僕、だな」

まず考えられるのは、と、自分で自分を容疑者にするむなしさを覚えつつ一人呟く。今の僕では無理だ。専務は部屋に上げないだろう。

あとは？　そう、婚約者もきっと部屋には入れるだろう。

専務の部屋の前で会った婚約者、峰岸代議士のお嬢さんの顔が頭に浮かぶ。

ちょっと気が強そうな感じがしたけど、綺麗な人だった。やたらと睨まれていた気がするが、面識はないはずだ。

彼女も確かに部屋には入れただろうが、これから結婚する相手を殺す理由はない。

あとは？　家族、とか。と考えたとき、ふと、未来彦部長の顔が浮かんだ。

未来彦部長が訪ねていったら、専務はドアを開けるだろう。だが部長にも専務を殺す理由はない。

次期社長の座を狙っていたという可能性があるみたいなことを羽越はちらと言っていたが、たとえ一麻専務が死んでも社長は未来彦部長を自分の跡継ぎにはしないいんじゃないかと思う。

未来彦部長と一麻専務の関係はよくも悪くもなく、ごくごく淡々と互いに接していたように見えていた。なのにここにきて、未来彦部長が専務を殺す理由はやはり思いつかなかった。

他に部屋に入れるのは、と考え、家政婦さんや社長を思いついたが、どちらも犯人になる可能性は著しく低そうだった。

最初は一缶もらうだけ、という遠慮があったが、飲み終えるとなんだか口寂しくなり、もう一缶、もう一缶、と僕は冷蔵庫とリビングを往復し、気づいたときには五缶ものビールを飲み干してしまっていた。

あまり酒には強くないため、飲んでいるうちに眠くなってくる。

ここで寝ちゃダメだ。一応、羽越は当分住居を提供すると言ってくれたけれど、僕の寝場所は事務所のソファだった。

移動しなきゃ。でもその前にシャワーも浴びたいし、などと考えているうちに僕は、ソファで眠り込んでしまったらしい。

「環君?」

いきなり肩を揺すられ、はっと目をさましたとき、自分がすっかり熟睡してしまっていたことに気づいた。

「こんなところで何もかけずに寝るなんて、風邪ひくよ」

揺すり起こしてくれたのは、当然ながら羽越だった。頬《ほお》が少し赤い気がする。瞳がやたらときらめいていることにも気づき、ああ、酔ってるのかなと察した。

「すみません。おかえりなさい」

「弱いのにこんなに飲むからだよ」

慌てて起きあがった僕に、羽越がそう声をかけてきたが、いつもより声のトーンが高いのも酔っているためと思われた。

「所長も酔ってますね」

空き缶を片づけてくれようとする彼の横から、自分でやりますから、と慌てて手を出しつつそう言うと、

「ああ、久々に飲み過ぎた」

羽越は頷き、どさっとソファに腰を下ろした。

「お水でも持ってきましょうか」

「ありがとう。頼むよ」

缶をキッチンに捨てに行き、帰りに冷蔵庫から二本、ミネラルウォーターのペットボトルを取り出しリビングに戻った。

「サンキュー」

ペットボトルを差し出すと羽越は大きな声で礼を言い、受け取りはしたものの、思った以上に酔っているようでキャップを外せない様子だった。

「貸してください」

再び受け取り、キャップを外して渡してやる。

「ありがとう」

悪いね、と羽越は笑って礼と謝罪をしたが、その顔はなんともいえず魅力的だった。

ハンサムは酔っぱらってもハンサムなんだな、などとくだらないことを考えつつ、僕も自分の分のペットボトルのキャップを外し水を飲む。

「座りなよ」

羽越が自分が座る横をぽんぽんと掌で叩くのに、立っているのがそろそろ怠くなってきてもいたので、

「すみません」

と遠慮なくその誘いに乗り、隣に腰を下ろした。

「ああ、美味しかった」

あっという間に水を飲み干した羽越が、ふう、と息を吐き出しソファの背もたれによりかか

る。

「もう一本、飲みますか？」

問いかけると羽越は「んー」と物憂げな声を上げて僕のほうを見やり、にっこり、と目を細めて微笑んだ。

「それでいい」

「え？」

『それ』がなんだかわからず問い返す。

「それだよ」

羽越はやにわに手を伸ばしてきたかと思うと、僕が持っていたペットボトルを奪い取ろうとした。水に執着していたわけではなく、単にびっくりしただけだったのだが、反射的に僕は奪われまいとして羽越の手を払いのけ、勢い余って水が零れた。

「つめたっ」

ぴしゃ、とかなりの量の水が羽越の足にかかる。

「す、すみませんっ」

慌てて僕はペットボトルをテーブルに置くとキッチンに走り、タオルを手に引き返した。

「すみませんでした」

「気にしなくていい。僕が悪い」

濡れたスラックスはそのままに、羽越は僕のペットボトルをテーブルから取り上げ、ごくごくと飲み干していた。

「冷たくないんですか」

スラックスはぐっしょりと濡れ肌に張り付いている。冷たさを感じないほど酔っているのだろうかと思いながらも僕は、自分が零したということもあり、

「失礼します」

と声をかけると、再び羽越の隣に腰を下ろし、彼の腿《もも》から膝《ひざ》にかけて、濡れている部分にタオルを押し当てた。

「くすぐったいな」

くすくす笑いながら羽越が、既に空になっていたペットボトルをテーブルへと放る。

どうやら自分で拭《ふ》こうと思ったようで、羽越はその手でタオルを――というより、タオルを握る僕の手を摑《つか》んだ。

「あ、すみません」

タオルを寄越せということかと思い、手から離したのに羽越は僕の手を握ったままだ。

「あの？」

何か、と問いかけると羽越は、にっこり、と潤んだ瞳を細めて微笑み、僕に近く顔を寄せてきた。

「……っ」

なんだ、と身体を引こうとすると、ますます羽越は身を乗り出し、ごくごく近距離から僕の顔を覗《のぞ》き込んできた。

「な、なんでしょう」

息がかかりそうなくらい近くに、羽越の唇がある。このままキスされたりして、と思った瞬間、なんともいたたまれない気持ちになり、僕は羽越の手を払いのけるとソファから立ち上がろうとした。

が、酔っているはずの羽越は実に俊敏《しゅんびん》な動きを見せ、僕の腕を摑んで引き戻すと真っ正面からじっと目を見つめてきた。

「だからなんです？」

意図が読めず問いかける。と、羽越は微笑みながら、僕にこう問いかけてきた。

「やっぱり慰めは不要かい？」

「え？」

首を傾げた次の瞬間、そういや彼には『いつでも慰めてあげる』なんて言われていたんだったと思い出した。

「大丈夫です」

あのときはからかわれたと思ったが、今もそうとしか思えず、僕は言い捨てると立ち上がろうとした。事務所に寝にいこうと思ったのだ。

「ねえ、環君」

だが一瞬早く羽越は僕の両肩に手を乗せて動きを制すると、またもまじまじと僕の目を見つめ問いかけてきた。

「君はあまり悲しんでないように見えるけど、恋人が死んで悲しくないの？」

「え……っ」

唐突な問いに絶句したあと、もしや彼は僕を疑っているのかと遅蒔《おそま》きながら気づいた。

「あの、違いますよ？　僕はやってません」

「やってない？　何を？　セックス？」

「はい？」

少しも会話がかみ合わない。なんでここでセックスが？　と問いかけた僕の前で羽越が吹き出した。

「なんだ、別に僕は君を犯人と疑ってるわけじゃないよ」

酒臭い息が顔にかかる。

「違うんですか？」

じゃあなぜそんな質問を、と首を傾げた僕の、今度は肩を抱くようにして羽越はソファの背もたれにもたれかかると、ゆっくりとした口調で話し始めた。

「君が本当に悲しんでいないのか、それとも無理して気丈に振る舞っているのか。どちらなんだろう、と思ってね。無理をしているのなら、その必要はないと言いたかった。でも、どうも無理などしていないようだ」

「ええ、まあ……」

「まあ、恋人とはいえ、理不尽な理由で会社を解雇した相手だ。愛情も冷めているだろう。でも、相手が死んだとなるとショックを受けたり、関係がよかった頃のことを思い出したりして、悲しむんじゃないかなと……でも君はいたって冷めている」

「ええ、まあ……」

他に相槌の打ちようがなく頷くと、羽越は苦笑し、ぽん、と僕の肩を叩いた。

「もしかして最初から愛してなかった？」

「……そうですねえ……」

自分でもそんなことを考えていたのだった。結論は出なかったけれど、実際、どうだったただろうかと僕は改めて自分の心と向かい合った。

「確かに、会社の上司……というか、経営陣からの誘いを断れなかったというのはあります。とはいえ、嫌悪感を抱いている相手と一年以上付き合えるほど器用な性格ではないので、おそらく、好きではあったと思うんですけど」

「君の恋愛はいつもそんな感じ?」

考え考え喋っていた僕が一息つくのを見計らい、羽越が問いかけてくる。

「そんな、というと?」

意味がわからず問い返すと羽越は少し考える素振りをしてから、

「自分から好きになって、相手にアプローチしたことはないの?」

と質問を変えてきた。

「そうですね……」

どうだっただろう、と今までのたいして多くはない恋愛遍歴を思い起こし、確かにそのとおりだ、と頷く。

「自分から行くのはなんだか勇気がなくて……」

「君くらい綺麗なら、オッケーされる確率はかなり高いと思うけどね」

「綺麗……じゃないですよ」

自分を綺麗と思ったことはない。が、そういや専務を始め、今まで付き合ってきた男は皆して『綺麗』と世辞を言ってくれていた。

「綺麗っていうのは……」

所長のような端整な顔を言うのでは、と言おうとし、世辞と思われるかもと思いとどまる。

「綺麗だよ。ああ、もちろん君の取り柄が顔だけ、と言いたいわけじゃないよ？　中身ももちろん魅力的なんだろうが、顔も魅力的だと言いたかった」

「……お世辞がすぎますよ」

そこまで言われると、かえって嫌みといおうか、からかわれているとしか思えない。むっとしないようにと気をつけたつもりだったが、感情は言葉や顔に表れてしまったようだ。

「気を悪くしたのなら謝るけど、別に僕は世辞を言ったつもりもなければ、からかっているつもりもないよ」

心外だな、と羽越は笑い、ぐっと僕の肩を抱いてきた。

「君が恋をできない理由がわかった。理想が高いんだな」

「そんなことはないですよ。一応、身の程は知ってますので」

自分の理想が高いと思ったことはない。第一、理想のタイプと言われても何も思いつかないくらいなのだから、と反論しようとした僕にまた近く顔を寄せ、羽越が囁いてくる。

「相手に対する、じゃない。自分に対する理想だよ」

「……それこそ、低いですよ」

ますます違う。観察力や洞察力が優れているのは事件に対することだけなのだろうか。人を見る目がこうもないのに探偵なんてつとまるのか、と僕はつい疑いの目を向けてしまった。

「そう？」

羽越が綺麗な目を見開く。

「ええ、学歴もたいしたことないし、運良く入った会社もクビになるし、これといった取り柄はないし……」

喋っている僕を羽越は、相槌を打つでもなくじっと見つめ続けていた。

なんとも居心地が悪い、と、思わず言わなくてもいいことまで喋り出してしまう。

「昔からそうなんです。ここ一番というときにプレッシャーに弱いというか。タイミングが悪いというか。ついてないっていうか。高校受験も大学受験も第一志望の受験日に風邪で熱を出し、希望の学校へは進めませんでした。就職も軒並み落ちて。で、運良く入れた会社は一年半あまりでクビです。これでもし、僕に何かしらのスキルがあれば、さすがに専務もクビを切るのを躊躇《ためら》ったんじゃないかと思うんですよね。それに社内の人だって、少しはかばってくれたでしょう。でも現実は誰一人、僕のクビには異論を挟まなかった。今までだって自分に自信があったわけじゃありませんが、そんな現実に直面したら、自信を失いこそすれ、そんな、自分に対する理想を高くもつなんてこと、できるわけないじゃないですか」

「ほら、やっぱり君は常に現状に満足していない。それが『理想が高い』ってことなんだよ」

滔々《とうとう》と喋り続けていた僕の言葉を、羽越が静かな声音で遮った。

「……え?」

意味がわからない、と眉を顰《ひそ》めた僕とほとんど額をつけるようにして羽越が囁く。

「理想を求めるのはもちろん、悪いことじゃない。でも現状を受け入れ、今の自分を認めてやることも、生きていく上では大切だと思うけどね」

「………今の……自分を……」

今の自分——果たして『今』の僕はどれほどのものなのか、首を傾げた僕に羽越がこつん、と額をぶつける。

「なに、難しいことじゃない。まず自分を好きになるんだ。なかなかよくやってるぞ。僕も捨てたもんじゃないぞってね」

「……別に、自分を嫌いでもないつもりなんですが……」

言いながらも僕は、嘘だな、と心の中で溜め息をついた。

嫌いじゃない。が、好きではなかった。こんなはずじゃなかったという気持ちはずっと胸の中にあったと思う。

いつから僕は自分を好きではなくなったのか。子供の頃から『こんなはずじゃなかった』という思いは抱きがちではあったが、決定的にそう感じたのは自分がゲイだと気づいたときだった。

ゲイの自分は嫌いじゃない。が、マイノリティ側に属する後ろめたさは常に感じていた。

「自分を好きにならなきゃ、人のことも好きにはなれないよ」

羽越の柔らかな声が耳元で響く。

「……そう……ですよね……」

確かに、そのとおりかもしれない。今、僕は実に素直に羽越の言葉に耳を傾けていた。

ふと脳裏に、専務の笑顔が蘇った。

『好きだ。ミツは僕が好き?』

『もちろん』

『好き』という言葉を彼は告げたがり、そして僕からも聞きたがった。態度にはまったく出ていなかったから言葉で確認したかったんだろう。態度に出ていないのは、本当に好きではなか

ったから——専務も気づいていたのかもしれないな、と思うと、なんだか申し訳なくなった。

「……捨てられて当然だったんですよね」

「まあ、当然ってことはないけどね」

はあ、と溜め息を漏らした僕の肩を羽越がぐっと抱き寄せる。胸に顔を埋めることとなった僕の髪をもてあそぶようにして撫《な》でながら、羽越は相変わらず優しげな声で言葉を告げた。

「過去は過去、現在《いま》は現在、そして未来は未来だ。これから君は恋すりゃいい。自分を好きになってね」

「…………」

羽越の声も、そして髪をまさぐる指も、なんともいえず心地よかった。

耳に響くトクトクという彼の鼓動もまた心地よい。

自分のことを好きかと問われたら、まだ好きと言い切る自信はない。まずは現状を受け入れることから始めなければいけないだろう。

だが今現在、僕が身を置いているこの心地よい空間は心の底から好きだと思える。

そんなことをぼんやりと考えているうちに僕は、その心地よい空間が誘う眠りの世界に、いつの間にか引き込まれてしまったようだった。

7

「環君《たまき》、起きなさい」

翌朝、羽越《はねこし》に揺すり起こされたとき、僕はまたも二日酔い状態だった。

「……あれ？」

「まもなく朝食だから。シャワーを浴びていらっしゃい」

エプロン姿の羽越が、にっこり笑いかけてくる。

「あ……すみません」

僕が寝ていたのはリビングのソファだった。昨日あのまま眠ってしまったようだ。

毛布をかけてくれたのもまた羽越だろうと、僕は寝ぼけ眼を擦りながらも、キッチンへと戻っていく彼の背に礼を言った。

「ありがとうございました。何から何まで」

「安心して。その分、給料からさっ引くから」

「え」

振り返りもせず朗らかに告げられた羽越の言葉に思わず絶句する。

「冗談だって」

あはは、と羽越は笑うと僕を振り返り、

「早くシャワーを。今日は忙しくなるからね」

ぱち、とウインクをしてみせた。

「……はあ……」

やはりさっきの言葉は『冗談』ではなく、いろいろ世話を焼いてもらった分、働けということなんだろう。そう判断した僕は大慌てでシャワーを浴びにいき、濡《ぬ》れた髪を乾かす間も惜しんでダイニングへと引き返した。

「今朝は和食にしたよ」

席に着くとすぐ、羽越がご飯をよそってくれた。

「明太子だ！」

焼き魚にふんわりとした卵焼き、それにお浸しにお味噌汁《みそしる》という、いかにもニッポンの朝ご飯、というメニューに感動もしたが、僕に歓喜の声を上げさせたのは目の前に置かれた一本の辛子明太子だった。

「やっぱり好き？　それはよかった」

全部あげるよ、と、優しすぎる言葉をかけてくれる羽越に僕は、

「ありがとうございます！」

と弾んだ声で礼を言い、遠慮なく、と箸《はし》をつけようとして、なぜ彼は僕が明太子を好物にしていると知っていたのか、と、はたと気づいた。

『やっぱり』というのは知っていた、もしくは予測していたから出た言葉だろう。好きな食べ物の話なんてした記憶はないんだけれど、と羽越を見ると、

「ん？」

視線に気づいた彼は、何か質問でも、というように小首を傾《かし》げて寄越した。

「僕が明太子を好きだということを、ご存じだったんですか？　それとも当てずっぽう？」

ちょっと失礼だったかなと思いつつ問いかけると羽越は、

「まあ、当てずっぽうかな」

と苦笑したあと、なんだ、とちょっとがっかりして息を吐いた僕の、その息を止めさせるような言葉を口にした。

「君、九州の……博多《はかた》の出身でしょう？　だから好きなのかなと思って」

「な、なんでわかったんです？」

大学から東京《とうきよう》に出てきたので、僕の言葉はすっかり標準語に馴染《なじ》んでいるはずだった。特に出身地を隠しているというわけではないが、九州男児と見抜かれることはまずない。もしや素行調査でもしたのだろうか。しかしいつの間に、と驚いていた僕に羽越は予想外の答えを返し、ますます僕から言葉を奪っていった。

「イントネーションが微《かす》かに違うような気がしたんだ。ごくごく僅《わず》かな違いだから、気のせいかなとも思ったんだが当たってたんだね」

「……ほとんど気づかれること、ないんですが……」

ぼそりと零した僕に羽越は「だろうと思うよ」と笑うと、

「さあ、早く食べて。今日は忙しくなると言っただろう?」

と会話を打ち切り、自分も箸を動かし始めた。

「あ、はい」

そういやそうだった、と思い出し、僕も食事を始める。和食も美味しいなと感動しつつもスピーディーに箸を動かし、羽越と同じタイミングで食事を終えた。

「後片づけを頼む」

僕は支度をしてくるから、という言葉を残し羽越が消えたので大急ぎで皿を洗い、僕も支度にかかった。

ありがたいことにシャツは洗濯してあったし、スーツもプレスされていた。僕がやっていないから、してくれたのは羽越以外にいない。

「あの、すみません、ありがとうございます」

それで僕はバシッとした姿で現れた彼に礼を言ったのだが、ここでまた既に『決まり文句』になりつつある言葉を聞くことになった。

「気にしなくていい。給与から引かせてもらうから」

「……今度から、自分でやりますね」

このままでは冗談でもなんでもなく、給料はゼロどころかマイナスにだってなりかねない。さすがにそれは困る、と僕は羽越に訴えかけようとしたが、彼はもう僕の言葉になど聞く耳を持ってくれなかった。

「そんな話はあとだ。さあ、出かけるよ。戸締まりはいい？　火の始末は？」

「ちょ、ちょっと待ってください」

どっちもチェックしていない、と慌ててキッチンに走り、続いてリビングの窓に鍵がかかっているかをチェックする。

「事務所は昨夜見たからいいや。それじゃあ、行こうか」

事務所に向かおうとした僕の腕を摑《つか》んで足を止めると、そのまま羽越は玄関へと向かって歩き出した。

「行くってどこへです？」

僕も一緒に行くんだったのか。てっきり事務所で留守番かと思っていたのだが、と慌てて羽越のあとを追う。

「現場」

「え？」

なんの、と問おうとし、まさか、と思い当たる。

「沢渡《さわたり》専務の？」

「そう、マンションだ。等々力《とどろき》に話はつけてある」

「話？　なんのです？」

何がなんだかわからない。が、羽越は僕に説明する労力を割いてくれるつもりはなさそうだった。

「来ればわかる」

そりゃそうでしょうよ、という言葉を告げ、ずんずんと歩いていく彼のあとを僕は追うしかなかった。

時間が惜しいとでもいうのか、羽越が選んだ交通手段はタクシーだった。到着までは暫《しばら》く間

がある。それで僕は羽越に、

「現場に何をしに行くんです？」

とか、

「等々力さんに何を頼んだんですか？」

とか尋ねたのだが、彼から答えが返ってくることはなかった。

「悪い。今、イメージトレーニングをしてるんだ」

「イメージトレーニング？」

意味がわからないんですけど。と、問いを重ねようとすると、いかにもうるさそうな顔をされたので先が続けられなくなった。

朝だから比較的道は空いており、専務のマンションにはそれから三十分ほどで到着した。

「おい、羽越、お前、何考えてるんだよ」

マンション前には等々力が待っていて、羽越がタクシーから降りると慌てた様子で駆け寄ってきた。

「手はずは整えてくれたんだろうな」

羽越が淡々と答えつつ、内ポケットに手を入れる。

もしや——嫌な予感は当たった。彼は例のカチューシャつきの猫耳を取り出し、頭に装着したのだ。

「しょ、所長？」

なんだってここで猫耳を？　と問う僕をまるっと無視し、羽越はずんずんとマンションへと入っていく。

「おい、待てよ」

慌てているのは僕だけではなかった。等々力もまた羽越を追いかけたのだが、彼の『慌て』る動機はどうやら僕とはまるで違っているようだった。

「耳が出たということは、わかったんだな？」

「え？」

「にゃー」

何が、と問うより前に羽越が彼に答える。

「『にゃー？』」

いや、答えてなかったか、と脱力したのは僕ばかりで、等々力は、

「そうか、わかったか！」

と明るい声を上げている。

「……あのー」

今の『にゃー』の意味を等々力は読みとったというのだろうか。どうやって？　という以上に、どんな意味が込められているのか、それが気になり僕は等々力に問いかけようとしたが、すっかり興奮している彼は僕など眼中にないようだった。

「わかったのか！」

うきうきしながら足を早め、エレベーターへと向かう。三人して乗り込み、専務の部屋を目指すと、未だに黄色の『KEEP OUT』のテープが貼られていたドアを開き、中へと入っていった。

僕も一緒に行っていいんだろうか。まあ、止められないってことはいいんだろう。そう思いつつ室内に足を踏み入れ、羽越のあとを追ってリビングへと向かう。

「……あ……」

リビングには既に、二人の人間がいた。二人とも見知った顔だったため、僕の口から思わず戸惑いの声が漏れる。

「環君？」

もっともドアに近いところに居心地悪そうに座っていたのはなんと、未来彦《みきひこ》総務部長だった。

「ちょっと、なに？」

最上座に座っていたのは、峰岸《みねぎし》なんとか嬢――著名な代議士のお嬢さんで、亡くなった専務の婚約者である。

相変わらず彼女は、僕をまるで親の敵《かたき》のように睨《にら》んでいた。が、羽越が口を開くと、彼女の興味は猫耳カチューシャをつけた謎の男へと移っていったようだった。

「お忙しい中、ご足労いただきありがとうございました。実は犯人がわかりましたので、被害者とは最も身近でいらっしゃったお二人にお越しいただいたというわけです」

「犯人がわかったですって？　何言ってるの？　この男は誰よ。こんなふざけた格好して、まさか警察関係者じゃないんでしょ？」

峰岸嬢はあまり『お嬢さん』という雰囲気はない、パキパキしたタイプの女性のようだった。鬼の形相で詰め寄られ、等々力がたじたじとなる横で、当の羽越は涼しい顔のまま彼女に会釈をし口を開く。

「初めまして。峰岸小夜子《さよこ》さん。わたくし、探偵の羽越と申します」

「探偵ですって？」

ますますおふざけに感じられたのか、峰岸嬢——小夜子というらしい——がとげとげしい声を上げる。

「はい。名探偵です」

この状況でそんな発言は、どう考えても彼女の神経を逆撫《さかな》でするものになると、子供だってわかりそうなものなのに、羽越はにっこり笑ってそう言い、いかにも慇懃無礼《いんぎんぶれい》な様子で彼女と、そして未来彦部長に一礼してみせた。

「冗談じゃないわよ。ミステリーを読むのは好きだけど、まさかこの自称『名探偵』が推理をこれからご披露するから呼び出されたってこと？」

違うわよね、と彼女に凄《すご》まれ、等々力がますますたじたじとなる。見かけによらず彼はもしや、押しに弱いのかも、などと僕が失礼なことを考えているうちに羽越が喋《しゃべ》り出していた。

「よくおわかりで。それでは早速、推理に入りましょう。二時間サスペンスでいう十時半からの展開です」

羽越は真面目《まじめ》な顔をしていたが、喋る内容は実にふざけている。僕は今にも小夜子や、それに未来彦が席を立つのではないかとびくびくしていたのだが、予想に反し、むっつりした表情を浮かべながらも二人はその場にとどまっていた。

「まず、沢渡一麻《かずま》さん殺害ですが、部屋の鍵は三つしかなく、一つは一麻さん、もう一つは家政婦さん、そして最後の一つは警備会社が持っているということを考えると、犯人は一麻さんが自ら室内に招き入れたと判断してよろしいかと思います」

滔々《とうとう》と喋る羽越はまさに、二時間サスペンスに出てくる名探偵そのものだった。

テレビで見る分には違和感ないが、現実世界では浮きまくっている。本当に大丈夫かな、と僕は、余裕綽々《しゃくしゃく》といった表情のまま話を続ける彼の姿を見つめていた。

「一麻さんがなんの警戒心もなく部屋に上げる相手。しかもその相手は、防犯カメラによると死亡推定時刻と思《おぼ》しき深夜二時過ぎに一麻さんの部屋を訪れている。カメラに映っていたのはサングラスにマスクで変装した人物で、男か女かも識別できないような映像しか残っていませんが」

羽越はそこまで言うと、小夜子と未来彦を順番に見やり、また、にっこり、と微笑《ほほえ》んだ。

「そんな深夜に彼が部屋に上げるのは、家族、それに恋人——そう特定できるのではないかと思われます」

「ちょっと待ってよ。他にもいるんじゃないの？　たとえば、ほら、水道のトラブルとか。業者だって部屋に入れるでしょう」

小夜子が反論を述べるのを、未来彦部長が、うんうん、と頷《うなず》くことで擁護する。

まあ、それはそうだけれど、それならそのまま防犯カメラには映るんじゃないか、という僕の意見は、口にするより前にそのまま二人に伝えられた。

「一麻専務の携帯や家の電話の履歴をチェックしましたが、そのような依頼を出した形跡はないですね」

「もともと予約していたのかもしれないじゃないの」

「夜中に来るように？　それはないんじゃないでしょうかね。一般的に」

羽越は小夜子の発言をばさっと斬《き》って捨てると、

「それでは話を戻しましょう」

と続けた。

「部屋を訪れた犯人は、一麻専務の背後に回り、隙《すき》を衝《つ》いてリビングにあったトロフィーで後頭部を殴りつけた。そのことからも犯人は専務が心を許した人物だと特定できます。その後犯人は一麻専務の所有していた鍵を奪って部屋を出、玄関に施錠して立ち去った。次の目的を果たすために」

「次の目的？」

未来彦部長が眉を顰《ひそ》め、羽越に問いかける。その横で小夜子は、聞いてられないわ、というようにぶんむくれそっぽを向いていたのだが、続く羽越の言葉に彼女の顔色は傍目《はため》にわかるほどはっきり変わった。

「次なる犯人の目的とは、ここにいる環君の部屋に忍び込み、放火することだったんです」

「ええっ？　放火？　環君の部屋に？」

驚きの声を上げたのは部長のみで、小夜子は青い顔のままじっとうつむいていた。

「？」

なんだか変だ――これ、という理由はわからないものの、つい彼女に注目してしまう。

今までの彼女は羽越が一言言うと一言返す、というように実にエキセントリックだった。今こそ『わけがわからないわ』といったリアクションの見せどきではないのか、と黙り込む彼女の顔を見る。

赤い唇を嚙《か》みしめ、酷く思い詰めた顔をしている。なぜそんな表情を、と疑問を覚えたのは僕だけではなく、

「小夜子さん、顔色が悪いですよ。大丈夫ですか？」

と横から未来彦部長も尋ねている。

「別に。放っておいてよ」

吐き捨てるようにそう告げた彼女の態度は悪いとしかいいようがなかったのだが、未来彦は気にする素振りをみせず、それどころか、

「すみませんでした」

と謝罪までして、そこまで腰低くならなくても、と僕はこっそり溜《た》め息《いき》を漏らした。

「聞いてます？」

と、ここで羽越が、幾分むっとした声を出す。

「すみません」

またも未来彦部長は謝った。別に彼が羽越の話の腰を折ったわけでもないのになと思いつつ、聞いていています、といわんばかりに羽越を見る。羽越はそんな僕を見、やがて未来彦部長、次に小夜子と順番に数秒見つめたあと、おもむろに口を開いた。

「実は犯人がこの部屋から持ち出した鍵は二つあったんです。まずは先ほど説明したとおり、この部屋の鍵。そしてもう一つが環君の部屋の合い鍵です。その鍵を使って犯人は環君の部屋に入り火をつけた。部屋の中の『あるもの』を焼失させようとしてね」

「あるもの？　あるものってなんです？」

部屋にある何かを燃やすために火をつけた、なんて話は初耳だった。なぜそれを燃やされた本人に言うより前にこんなところで披露しているんだ、という疑問から思わず叫んだ僕の声が室内に響く。

「指輪だよ。一麻専務から贈られたダイヤの指輪だ」

「はい？？」

指輪なんて貰《もら》った記憶が一切なかった僕がまたも驚きから上げた大きな声と、

「馬鹿馬鹿しい！　帰るわよっ」

やにわに立ち上がり、叫んだ小夜子の声がシンクロして響いた。

「さ、小夜子さん」

弱々しく未来彦が呼び止めるのも聞かず、小夜子は、

「ほんっと、くだらないっ」

と言い捨てると、じろ、と羽越を睨み、ついでとばかりに僕をも睨んで部屋を出ていこうとする。

「等々力」

と、羽越が等々力に声をかけ、等々力がその声に反応して小夜子の前に立ち塞がった。

「どきなさい！」

私を誰だと思っているのと言わんばかりの居丈高な声を上げ、小夜子がキッと等々力を睨む。

「お嬢さん、この部屋を出ることはできませんよ。あなたはこれから逮捕されるんです。ご自分のなさった放火と、そして――殺人の罪でね」

「ええっ？」

「なんだって!?」

今度は未来彦の声と僕の声が重なって響く。いきなり犯人扱いされた小夜子は、その声に少し遅れ、金切り声を上げ始めた。

「何言ってるの？　あなた、頭おかしいんじゃない？　なんだって私が婚約者を殺すのよ。なんだって私が、あんな、見も知らない男の部屋に放火するのよ。証拠はあるんでしょうね？

ないのにそんな馬鹿げたこと言い出したんなら、名誉毀損《きそん》で訴えるわよっ」

「お静かに。まだ僕の話は終わっていません」

にっこり、と羽越が微笑み、席に戻ってください、と言わんばかりに小夜子にソファを示す。

「聞く必要はないわ！　帰ります！」

鬼の形相で小夜子は叫ぶと、尚も前に立ちはだかる等々力を、

「退《ど》いて！」

と突き飛ばし、ドアへと向かおうとした。

「環君の部屋には指輪なんてなかった。一麻専務が指輪を贈ったのは環君ではなく、馴染みのキャバクラ嬢、蘭子《らんこ》さんです」

彼女の背に羽越が凛《りん》と響く声をかける。その瞬間、ぴた、と小夜子の足が停まった。

「……でたらめ言わないでよ」

前を向いたまま小夜子が抑えた声を出す。

「でたらめではありません。だいたい男が男にダイヤの指輪を贈ると思いますか？　環君だって贈られたところで、はめることはできないでしょう」

「てか、もらってませんけど」

指輪なんて、と僕が告げた瞬間、小夜子が勢いよく僕を振り返った。

「嘘つくんじゃないわよ！　この泥棒猫っ！」

「ど、泥棒ねこ……」

昼ドラの台詞《せりふ》くらいでしか聞いたことがないぞ、という言葉を投げつけられ、絶句した僕の前にすっと羽越が立つ。

「にゃー」

「なんなんだよっ」

かばってくれるんじゃないのか、と僕は思わず間抜けな鳴き声を上げた彼を怒鳴りつけてしまった。と、羽越は僕を振り返り、任せろ、とばかりにウインクしてから、いきなりの『にゃー』に唖然《あぜん》としていた小夜子に同情的に声をかけた。

「残念ながら、『泥棒猫』は一匹ではなかったんですよ。あなた以外に一麻専務が付き合っていたのは合計三人。環君、蘭子ちゃん、そして」

ここでなぜか羽越は僕を振り返り、やはり同情的な視線を向けてきた。

「？」

なぜに、と首を傾げる間もなく、答えが与えられる。

「最近ハッテンバで知り合った、高校生のレイジくん」

「なんだって!?」

蘭子ちゃんだけでもびっくりだったが、ほかに男の恋人までいたのか、と驚くと同時に僕は、自分が専務に解雇された理由を改めて認識したのだった。

結婚するから僕が邪魔になったんじゃなかった。新しい、そして若い男の恋人ができたから不要になったんだ。

まだ結婚が理由のほうがマシだったんだけど、と呆然《ぼうぜん》としている僕の前では小夜子が、

「嘘よ!」

と金切り声を上げていた。

「本当です。昨日蘭子さんに会って、話を聞いてきましたよ。指輪の写真もとらせてもらいました。お客さんからの貢ぎ物って、自慢げに店で指にはめてましたよ」

言いながら羽越がポケットからスマートフォンを取り出し、呼び出した写真を小夜子に示す。

「ほら、あなたが依頼した探偵が言っていたカルティエのリングだ。拡大しましょうか?」

「……結構よ」

今や小夜子はがっくりと肩を落としていた。

「……どういうことなの? 愛人はこの男だけだったんじゃないの?」

ぼそ、と呟《つぶや》いたあとに、救いを求めるように羽越を見る。

「あなたは依頼する探偵を間違えたんですよ」

羽越は肩を竦《すく》めると、そう告げゆっくり首を横に振ってみせた。

「多分その探偵は、金で抱き込まれたのだと思いますよ。探偵側から専務に申し入れがあったのでしょう。専務は既に関係を切った愛人のみを教えるよう指示した。指輪の購入をあなたに知られてしまっている以上、愛人などいないという逃げは打てなかった。問いつめられた場合、気の迷いだ、もう別れていると言い逃れるつもりだったから。女性の心情として、同性よりも異性に興味本位でよろめいた、というほうがまだ許容範囲と思ったんでしょう。ところがこれが誤算だった。あなたにとっては婚約者がバイセクシャルであることのほうが許せなかった。男に自分の婚約指輪よりも高価な指輪を贈ったというほうが許せなかった——そう、彼を殺し、そして愛人の家に火をつけ、指輪を燃やそうと思うほどに」

「男だろうが、女だろうが、自分がもらったものより高価な指輪を贈る相手がいたってこと自体、許せなかったのよ。普通そうでしょう?」

相変わらず小夜子の声は押し殺したものだったが、顔を上げた彼女の目には憎悪の炎が燃えていた。

「……『普通』が僕にはわかりませんが」

羽越が肩を竦める。小夜子は彼に何か言おうとしたが、すぐ、はあ、と大きく息を吐き天を仰いだ。

「私も『普通』はわからない。でも、私は許せなかった。でも、よく考えたら馬鹿げてたわね。あんな男のために自分の人生、棒に振るなんて」

本当に馬鹿みたい、と言いながら小夜子が目の前に立つ等々力を睨む。

「逮捕するんでしょ。どうぞ」

「……あ、はい」

等々力がはっと我に返った顔になり、慌ててスラックスの尻ポケットから手錠を取り出す。

「手錠はいらないんじゃないか？　それから出頭扱いにしてあげたら？　彼女のしたことは決して誉められたことじゃないけど、ある意味、彼女も被害者なんだしさ」

「まあ、別に手柄がほしいわけじゃないから、出頭でもぜんぜんいいけど」

等々力はそう言うと、啞然とした顔になった小夜子に声をかけた。

「じゃ、出頭ってことで」

「……いいのかしら」

小夜子が等々力を、次に羽越を見る。

「結構です。ただ、彼には一言、謝罪してやってください」

羽越はそう言うと、僕を目で示してみせた。

「え？　僕？」

謝罪をしてほしいなんて思ったこともないけれど、と目を見開いた僕に向かい、羽越は逆に目を細めて微笑むと、視線を小夜子に移した。

「彼はあなたの存在を知らなかった。彼が一麻専務と付き合っていた期間のほうが、あなたより長いんです。誤解からアパートを全焼させられただけでなく、彼自身が放火犯の濡れ衣を着せられそうにもなった。謝るべきじゃないですかね」

「……そうね……」

小夜子はまた、深い溜め息を漏らしつつも頷くと、僕に向かい頭を下げて寄越した。

「悪かったわ。あなた、新しい男ができたからって彼に捨てられてたのにね」

「あなたとの結婚が理由だったらまだ、救われたんですけどね」

思わず口から漏れたその言葉は、僕の本心だった。

「私も救われたと思うわ」

小夜子が苦笑したあと、あ、と何か思い当たった顔になる。

「ダイヤは燃えるっていうから火をつけちゃったけど、もし、大切な思い出の品とかが部屋にあったら、ほんと、悪かったわ」

ごめんなさい、と深く頭を下げた彼女は、本当に申し訳なさそうな顔をしていた。

「特にありませんから」

大丈夫です、と答えたのは別に彼女に気を遣ったわけではなく事実だったのだけれど、小夜子はそうはとらなかったようで、

「本当にごめんなさい」

とますます深く頭を下げて寄越した。

「いや、その……」

お気遣いなく、と言おうとした僕の言葉にかぶせ、等々力が、

「それでは行きましょうか」

と声をかける。

「はい」

小夜子は頷いたあと、羽越を見た。

「けったいな格好をしてるけど、調査を依頼するならあなたにしておくべきだったわね」

「にゃー」

そんな彼女に対し、羽越がそれこそけったいな返事をする。小夜子は一瞬虚を衝かれた顔になったが、すぐ苦笑すると、等々力に促されるがまま部屋を出ていった。

「……なんということでしょう……」

ぼそ、と未来彦部長が呟く。

「……本当に……」

思いもかけない事件の真相に、やはり戸惑いを覚えていた僕がそう言う横では、何を考えているのか羽越が、

「にゃー」

とまた鳴いてみせ、今はふざけるような雰囲気でもないだろうに、と僕に深い溜め息をつかせたのだった。

8

「しかしまさか、婚約者が犯人とは思いませんでした」

一麻専務のマンションを辞し、事務所へと戻ってくると僕は、真相の、より詳細を知りたいという思いのもと、羽越を問いつめ始めた。

「そもそも、なぜ彼女が怪しいと思ったんです？　普通に考えて、容疑者からは最も遠そうじゃないですか」

「普通に考えればね。でもことは人殺しだよ？　普通のわけがない」

「……まあ、そうだけど……」

それを言われちゃあ、と口をとがらせた僕に羽越は、

「それに」

と解説を加える。

「君を見たときの彼女の目が尋常じゃなかった。憎悪すら感じさせる視線だったが、気づかな

かった？」

「気づきました。なんで睨んでるのかなと。面識はなかったはずなのに」

「『なんで』で終わらせるのではなく、答えを追及しないと。君も一応、探偵事務所に籍を置く身なんだから」

「はあ……すみません」

確かに疑問を覚えた時点で理由を考えるべきだったと項垂《うなだ》れた僕の脳裏に、等々力と共に警察へと向かった小夜子の顔が浮かぶ。

罪を暴かれ、逮捕されたというのに、彼女はどこかさばさばしているように見えた。

僕を睨んだその目の中に燃えていた憎悪の炎もすっかりおさまっていたと思う。

己の罪が暴かれれば、法律の名の下に裁かれることになる。人を殺したのだから実刑は免れないだろう。

それでも彼女はもしかしたら、真実が白日のもとにさらされることを——誰かが自分の犯した過ちを正してくれることを、心のどこかでは待ちわびていたのかもしれない。

だからああも晴れ晴れとした顔をしていたのだろう。そんなことをぼんやり考えていた僕は、羽越に、

「しかし君は本当に人がいいね」

という言葉に、はっと我に返った。

「何がです?」

素でわからず問い返すと、羽越はやれやれ、というように肩を竦めてみせた。

「家を燃やされたというのに、恨み言一つ言うでもない。人間ができているのか、それともよほどぼんやりしているのか」

「いや、本当に燃えて惜しいと思うようなものがなかったんですよ」

服や靴、それに時計など、それなりに高価なものがまったくなかったとは言わない。が、『値段が高かったから惜しい』というにはどれも半端な価格だったし、なくなって不便と思いこそすれ、惜しいと思うことはなかった。

特別にドライというわけではないと思うのだけれど『思い出の品』的な感覚が僕はどうも薄いようだ。割と躊躇《ためら》いなくぽんぽんものを捨てることができるし、誰かに貰ったから、という理由でモノに思い入れを持ったりもしない。

実際貰ってはいなかったが、もし一麻専務に高価な指輪を貰っていたとして、それが焼失したところで、値段的な見地で『もったいない』と思ったかもしれないが、それ以外の感慨はなかっただろう。

だからこそ僕は小夜子の謝罪を軽く流したのだけれど、と改めて説明しようとした僕を羽越

はじっと見つめていたが、やがて、

「君は本当に、恋をしたことがないんだね」

そんな、わけのわからないことを言うと、なんともいえない表情を――強いていえば、哀れむような表情を浮かべ、頷いてみせた。

「恋……ですか」

なんだか昨日と同じような話の流れになってきた。と気づいたと同時に、まだ何も聞きたいことが聞けていないとも気づいた僕は、慌てて軌道修正を試みることにした。

「それより、なぜ専務に愛人がいることがわかったんです？」

「等々力が間抜けに見えるからといって、警察の捜査能力をなめてはいけない。専務の日常の行動を追うと同時に、携帯電話の通信履歴やパソコンのメール履歴を調べてもらったんだ」

「なんだ。そうだったんだ」

ぼそ、と思わず本音が漏れる。しまった、と慌てて口を押さえたが、羽越はむっとする素振りも見せず、

「使えるものはなんでも使わないとね」

パチリ、と片目を瞑《つむ》ってみせた。

「もしかして昨夜は、ええと、蘭子ちゃんとかいうキャバクラ嬢のお店に行っていたんです

か」

閃《ひらめ》いたので聞いてみる。

「ご明察」

羽越はニッと笑って頷くと、

「少しは頭、使うようになったじゃない」

とお褒め？　の言葉までいただけた。

「客として勤め先の店に潜入し、話を聞いたんだ。相手が死んでいるだけに、正面からぶつかるより効果的かと思ってね」

「どんな子でした？」

思わずそう聞いてしまってから、それを聞いてどうする、と自身の胸に問いかける。羽越は一瞬、またなんともいえない表情を浮かべたものの、すぐに微笑み答えてくれた。

「綺麗《きれい》な子ではあったよ。中身についてはまあ、典型的な若い子という以上の感想はない。一麻専務が亡くなったことについては驚いてはいたけれど、そう悲しそうには見えなかったな」

「婚約者より高い指輪を買ってもらっていたのに？」

責めるような口調になる自分にまた驚く。憤りを覚えた理由は、よくわからなかった。

自分以外に恋人がいたことがやはりショックだったのか。それとも殺人や放火の罪まで犯した小夜子に同調した怒りだったのか。

どちらとも言えないような気もしたし、どちらも、という気もした。しかしどちらにしても、蘭子を責めるのは筋違いか、と気づき、僕は、

「いいや、なんでもないです」

と自分の言葉を打ち消した。

「感覚の差だろう。彼女はプレゼントされた金額が愛情の重さとはとらえないタイプだったし、専務にとっても数百万はキャバ嬢の気を引くために軽く使える金額だった。ダイヤの指輪も愛の証ではなく、欲しいと言われればほいほいプレゼントできるアイテムだったってことさ」

羽越はそう言うと、苦笑めいた笑みを浮かべ、また肩を竦めた。

「専務もある意味、本当の意味で人を好きになったことがない男だったのかもね」

「確かに……」

そうかもしれない、と僕は自分と専務の間に流れた一年半あまりの歳月をざっと思い返し頷いた。

『恋人』ではあったと思う。だが愛情があったかは謎だ。

僕にも、そして専務にも——もしも愛情があれば、僕だって小夜子のように、結婚すると知ればショックを受けただろうし、僕以外に二人も恋人がいたことを知ればその二人に対して何

かしらの感情を抱いただろう。

だが今、僕の胸にあるのはなんともいえない空しさのみだった。

僕より若い、レイジ君という高校生はどんな子だったのか、ちょっと気にはなっていたが、それは怒りからというよりは好奇心にすぎなかった。

なんだかなあ、と我知らぬうちに溜め息を漏らしてしまっていた僕に羽越がにっこりと笑いかけてくる。

「さて。通常営業に戻ろうか。留守電、チェックしてくれる?」

「あ、はい」

事件解決――確かに解決はしたが、あまり後味はよろしくない。

レイジはどうだか知らないが、僕も、そしてキャバ嬢の蘭子ちゃんも、一麻専務がそうだったように彼を心から愛してはいなかった。

唯一愛していたと思われる小夜子が、その愛ゆえに専務を許せず殺した。

申し訳ない、と僕が思うことじゃないとはわかっちゃいるが、やはりなんとも――後味は悪かった。

彼女がふっきれた様子だったのが救いだった。そう思いながら僕は羽越の言葉に頷くと、これから『日常業務』となる仕事にとりかかり始めたのだった。

探偵助手という仕事が、今後、僕の『日常業務』になる——はずだったのだが、その日の夕方、沢渡未来彦部長が僕に会いにやってきた。

「マスコミ対策が大変なんだよ」

部長は疲れ果てた顔をしていたが、そんな中、彼がわざわざ僕を訪ねてきたのはなんと、復職を勧めるためだった。

「不当解雇だと証明されたのだから、すぐ復職の手続きをとろう。住居は会社が用意するし、せめてもの罪滅ぼしに、何か君に特別なポジションを与えるか、特別な手当を毎月つけるか、もしくはその両方を考えている」

是非とも戻ってきてほしい、と疲れた顔ながら明るい口調で訴えかけてくる部長を前に、僕は呆然としてしまっていた。

ありがたい話ではある。この探偵事務所での雇用条件はまだ明らかにされてはいないが、今、部長が告げたものよりは断然悪いに違いない。

本来なら断る理由はない——はずだが、僕は躊躇っていた。

社内では僕が一麻専務の恋人で、しかも捨てられたということが知れ渡っているから、という理由もある。

だがそれ以上に、すでに僕からは復職したいという希望が失せてしまっていた、という気持ちのほうが大きかった。

こうしてわざわざ復職を勧めに来てくれた未来彦部長には悪いが、沢渡エンジニアリングに戻るという選択肢はもう、僕の中にはなかった。

「せっかくのお話なんですが、もうこの探偵事務所に雇ってもらえましたし……」

申し訳ありません、と頭を下げると、未来彦部長はよほど意外だったのか、側に羽越がいたにもかかわらず、

「なぜだい？」

と身を乗り出し、切々と訴え始めた。

「言っちゃ悪いが、ウチに戻ったほうが君のためになると思うよ。沢渡エンジニアリングの体制は今までは旧態依然としていたがこれからは変わる。ますます働きやすい会社になると約束しよう。企業イメージは、専務の事件でいったんは落ちるかもしれないが、これまでこつこつ積み上げてきた信用と実績で世間の評価はすぐに取り戻すことができる。未来にむかってよりよい企業にするために、是非君にも力を貸してほしいんだ。ね、環君。一緒に頑張ろうじゃな

いか」

「まるで、経営者みたいなことを言うんですねえ」

僕と部長はそれまで事務所内のぼろい応接セットで向かい合っていたのだが、そのセットのすぐ後ろにある自席からここで羽越が話に割って入った。

「経営者ぶった覚えはありませんが」

話の腰を折られたからだろう。未来彦部長が珍しく怒りを露《あら》わにし、羽越を睨む。

と、羽越は何を思ったのか、スーツの内ポケットに手を突っ込んだ。

まさか、と思いつつ見守っていた僕の目の前で彼は、ある意味予想どおりの行動に出た。内ポケットから取り出した猫耳つきカチューシャを頭に装着し、一声、

「にゃー」

と鳴いたのだ。

「……なんですか、それは」

突拍子もない行動をとられ、未来彦部長が絶句する。羽越はそんな彼にまた「にゃー」と鳴いたあと、やにわに席を立ち机を回り込んで未来彦部長の前に立った。

「未来彦部長、あなたですよね。峰岸小夜子さんが依頼した探偵に金を積み、一麻専務が指輪をプレゼントした相手は環君だと嘘を伝えさせたのは」

「なんですって？」

思いもかけない羽越の言葉に驚きの声を上げたのは僕だけだった。

「馬鹿げたことを」

吐き捨てる未来彦の声には覇気がない。まさか、と僕は啞然として彼を、そして未来彦を追いつめ始めた羽越を見つめていた。

「別にあなたとて、小夜子に一麻専務を――あなたの兄を殺させようと思ったわけじゃなかった。縁談をぶちこわしたかっただけなんでしょう。キャバ嬢に入れあげているという程度では、小夜子の気持ちは専務から動かないかもしれない。だが専務がゲイなら破談になるのではと思った。傷心の彼女の慰め役を買って出、やがて彼女の心を摑んで峰岸代議士の後ろ盾を得る。そうなれば社内の立場も専務と逆転できるのでは――あなたはそう目論んだんじゃないですか？」

「…………馬鹿な…………」

にこやかにしながらも糾弾していく羽越を前に、未来彦は完全に顔色を失っていた。

これはもう、羽越の言葉が図星であることが一目瞭然だとしかいいようがない、と僕は思わず溜め息を漏らしてしまった。

それが聞こえたのか、未来彦はびくっと肩を震わせ、僕へと視線を向けてきた。

「……部長……」

　呼びかけると部長は、やにわに立ち上がり、

「証拠はない」

　そう言い捨てたかと思うと、まさに脱兎《だっと》のごとく、という表現がぴったりの勢いで部屋を出ていってしまった。

　ばたん、と事務所のドアが閉まる。

「……なんだかな……」

　思わず呟いてしまった僕に、猫耳を外しながら羽越が声をかけてきた。

「彼もまさか、小夜子が兄を殺すことまでは想定していなかったと思う……けど、それをラッキーとは思っていそうだったよね」

「部長のこと、ずっといい人だと思ってたんですけどね」

　人を見る目がない、とまたも溜め息を漏らすと、

「彼は彼なりに鬱屈《うっくつ》していたんだろうね」

　羽越は逆に未来彦をかばうような言葉を告げ、僕を驚かせた。

「なに？」

　驚きが顔に出たのか、羽越が少し目を見開くようにして問いかけてくる。

「いえ、所長は未来彦部長を非難していたので……」

「人として彼を許すか許さないかとなると、まあ許せない部類の人間だとは思う。でも僕自身は彼を許せるよ。彼だけじゃなく、事情を抱えて犯罪に手を染めた人間を許すだの許さないだの言う立場に、そもそも僕はいないしね」

羽越は笑顔でそう言うと、彼の言うことはわかるような、わからないような、と首を傾げた僕に、にっこりと笑いかけたあと、ぽつりとこう呟いた。

「僕が個人的に許せない人間は一人だけだな」

「え？」

聞き違えたかな、と問い返そうとしたそのとき、

「羽越、邪魔するよ」

勢いよく事務所のドアが開き、等々力警部補が入ってきたので、僕はそのきっかけを失ってしまった。

「事務所の前で未来彦とすれ違ったよ。幽霊でも見たような顔をしていたが、お前の仕業か？」

「人聞きが悪い。別に何もしてないよ」

いやだな、と羽越はあからさまに嫌そうな顔をしてみせると、僕へと視線を向けた。

「環君、これでも一応客だ。コーヒーでも出してやってくれ」

「あ、はい。わかりました」

お茶入れも僕の仕事のようだ。別にそれをどうこう言うつもりはなく、復職を断った前の会社では事務の女性が担当してくれていたんだよなと思い出しただけだった。

探偵助手になる心構えができているかとなると、まだ心許ないといった状態だが、一日も早くここでの仕事には慣れたいと、僕は今、強烈にそう思っていた。

やる気に溢《あふ》れていた僕はすぐにコーヒーを淹《い》れにいき、盆に二つ載せて戻ってくると、羽越と等々力は逮捕後の小夜子の様子についてちょうど語っていたところだった。

「自供もスムーズで、即起訴となるようだ。峰岸代議士が口を出す隙がなかったことが幸いだった。剛田《ごうだ》は苦い顔をしていたが」

「恩を売り損なったって？　あいつは本当に腐ってるな」

吐き捨てるようにそう告げた羽越の口調があまりにも厳しいものだったので、コーヒーをサーブしていた僕は思わずびく、と身体を震わせてしまった。

「失敬。驚かせたね」

羽越が苦笑し、僕から直接コーヒーを受け取る。

「剛田っていうのはこいつの天敵なんだよ」

僕が訝《いぶか》しげな顔をしていたからか、等々力が説明を始めた。

「いわば彼が警察を辞めた元凶だ。今や警視庁刑事部次長の座に上りつめている、そりゃ嫌な奴だ」

顔を顰《しか》めてみせた等々力を羽越が「こら」と睨む。余計なことを言うな、と言いたげな彼の様子を見ていた僕の頭に、警視庁前ですれ違ったいかにもキャリア然とした男の顔が浮かんだ。

「あ、もしかしてあの人ですか？　所長がすれ違いざまに『にゃー』と鳴いた？」

「環君は勘がいいね」

羽越がヒュー、と口笛を吹き、目を見開きながら僕を見る。

「そう……ですかね？」

相当鈍いと思うのだけれど、と首を傾げた僕に羽越は苦笑しつつ自分の隣に座るよう勧め、話し始めた。

「あれが剛田だ。僕のもと上司。当時はまだ、捜査一課長だった。今や警視庁切っての出世頭だ」

「本当に、やってられないよな」

等々力がここで、言葉どおり、うんざりした口調と顔で相槌を打つ。

「……？」

何か不正でもあったのだろうか。そう問うより前に羽越が口を開いていた。

「ある事件を捜査中、偶然、僕は剛田と暴力団の癒着に気づいたんだ。情報を流すかわりに金を受け取り私腹を肥やしていた。すぐさま上層部に知らせればよかったんだが、まだ僕も青かったんだな。直属の上司でもあったし、剛田本人にぶつかった。詰め寄ると剛田は男らしく罪を認めた上で、半年だけ待って欲しいと頭を下げてきた。娘の結婚式が半年後に迫っている。自分は罪を犯した人間だから罰を受けるのは当然だが、男手一つで育ててきた娘だけは幸せにしてやりたいと……。彼の言うとおり、奥さんとは死別していて、一人娘をずいぶんとかわいがっていた。その女の子もいい子でね。尊敬する父親がヤクザから金を受けとり、それが原因で職を解かれたと知ればずいぶんとショックを受けるだろうとも思ったし、剛田が娘の結婚式が終わったら必ず辞職をすると男泣きしながら誓った言葉を僕は信じ、口を閉ざしたんだ」

羽越はそこまで一気に喋ると、ふう、と大きく息を吐き出した。

「……でも、剛田はまだ警察にいる……」

ということは、と羽越を、そして苦虫を噛み潰《つぶ》したような顔になっていた等々力を見る。

「演技だったんだよ。その半年の間に剛田はすべての証拠を消した上で自分のバックを固めたんだ。暴力団から吸い上げていた金は剛田自身だけでなく、彼の身を守ってくれる政治家へも流れていたと知ったのは、約束した半年後にも警察を辞めようとしない剛田を問いつめたときだった」

羽越が肩を竦め首を横に振る。

「剛田は僕の口も金で塞ごうとした。それを断ると何かしらの理由をつけて退職させてやると凄んでもきた。自分にはその力があるとね。確かに剛田の言うとおりだった。どこに剛田の悪事を訴えかけても握り潰されてしまう。反面、剛田は積極的に僕を警察から追い出そうとはしなかった。警察内にいる限りは僕を監視下におけるからね。だから僕は警察を辞めることにしたんだ。警察内にいては剛田の悪事はもう暴けないし、何より彼の下で働くことに耐えられなかった」

「で、刑事時代から買われていた──剛田が圧力をかけられないほどの検挙率を上げていた高い捜査能力を生かし、探偵を始めたってわけだ」

ここで等々力が羽越の話を引き継ぎ、僕に笑いかけた。

「等々力はすべての事情を知っていて、あえて僕を捜査現場に呼んでくれているんだ。剛田の目の届くところで常に僕は姿をちらつかせてやる。彼にプレッシャーをかけるために。その協力を等々力はしてくれているのさ」

「実際、難事件の早期解決には羽越はなくてはならない存在だからな」

お互い様というわけだ、と等々力は羽越にも笑いかけ、僕の見ている前で二人は暫《しば》し見つめ合った。

「じゃあ、所長が許せない唯一の人っていうのは、その剛田なんですね」

先ほど彼が呟いた言葉を思い出し確認をとると、羽越の視線が等々力から僕へと移り「まあね」と苦笑を浮かべた。

「一番許せないのは、剛田の言葉を簡単に信じた若い頃の自分だけどね」

「しかし羽越が剛田のことを他人《ひと》に打ち明けるとはね。正直、ちょっと驚いた」

等々力もまた僕を見て、にや、と笑う。

「？」

その笑いの意味は、と首を傾げると等々力は、

「それだけ、気に入られたってことだよ」

と告げ、ぱち、と片目を瞑ってみせた。

「はあ……」

相槌《あいづち》の打ちようがなく頷くと、等々力は今度は羽越に向かって身を乗り出し、問いを発する。

「お前の恋愛事情には興味のかけらもなかったから今まで突っ込まなかったけど、もしかしてお前、ゲイだったの？」

「さあね」

羽越は笑うとやにわに立ち上がり等々力を追い出しにかかった。

「公務員がいつまでも油を売ってるのは感心しない。早く帰って仕事をするんだな」

「おいおい、その言いぐさはないだろう。こっちはわざわざ事件の顚末《てんまつ》を教えにきてやったっていうのによ」

等々力はぶうぶう言いながらも、あまり遊んではいられないとも思ったようで、立ち上がるとドアへと向かっていった。

「どうも」

一応、見送りに立った僕を振り返り、等々力がニッと笑い口を開く。

「あいつは猫耳愛好家の変わり者ではあるが、悪人じゃない。面倒見るのはちょい大変かもしれないが、あいつが他人に気を許すっていうのもレアケースだし、まあここは助手として役に立ってやってくれ」

「……はあ……」

「それじゃな」

頼んだぞ、と僕の肩を叩き、等々力が事務所を出ていく。

「…………はあ…………」

本当にもう『はあ』としか答えようがない、と首を傾げつつ彼を見送った僕は、その『猫耳』をなぜ羽越が愛好しているのかが気になり、彼を振り返った。

「あの、いつから猫耳愛好家なんですか？」

振り返った羽越は、ちょうどいいタイミングと言おうかなんと言おうか、今、まさに取り出したカチューシャを頭に装着していたところだった。

今日の耳は白い、と思わずそれを目で追っていた僕の前で羽越がそれをはめ、

「にゃー」

と鳴いてみせる。

「………」

それが答えだとしたら、意味がさっぱりわからない。首を傾げる僕に向かい、羽越は一言、思いもかけない言葉を告げた。

「剛田がヤクザから金を吸い上げていた、いわば『ネコババ』を糾弾したかったんだよ」

「『ネコ』しか一緒じゃないじゃないですか」

ダジャレかよ、と一気に脱力したせいで、ついそう言い返してしまった僕に羽越がまた「にゃー」と鳴く。

「それに可愛《かわい》いだろう？　僕は可愛いものが好きなのさ」

言いながら羽越は僕へと近づいてくると、やにわに腕を取り、ソファまで引き返した。

「あの?」

「たとえば、君、のような」

羽越がにっこり笑ってそう告げると、僕の腕を引き並んでソファへと腰掛けさせられる。

「ええと」

なにが『たとえば』なのかと僕は暫し考え、もしやそれが『可愛いものが好き』発言につながっているのではと気づいた。

「別に可愛いことはないと思うんですけど」

ぼそぼそ返しつつ、これで羽越が全く違うことを言っているつもりだったら、倍恥ずかしいかと気づいて言葉を足す。

「いや、その、だから別に僕は自分のことを可愛いとかは思ってないっていうか」

「可愛いよ。でも僕は別に君が可愛いからとか綺麗だからとか、そういった理由で好きだと言ってるわけじゃないけど」

「…………え…………?」

いつの間にか僕は羽越に肩を抱かれていた。

「初対面のときにね、もう好きになっていた気がする」

「……ええっ?」

近く顔を寄せられ、囁《ささや》かれた言葉の意味を読みとるのは実に困難で、自分でも素っ頓狂と思えるような大声を出してしまう。

「気づかなかった？　ずいぶん積極的にアピールしてきたつもりだったんだけど」

羽越は苦笑すると、唖然とする僕と額をつけるようにして目を覗《のぞ》き込み、熱く訴えかけてきた。

「好きだよ、環君。初めて君が求人広告を手に事務所に現れたときから惹かれるものを感じていた。なんとしてでも君の役に立ちたいものだと思い始めたときにはもう、恋に落ちていたのだと思う」

「こ、恋？　恋ですか？」

羽越の顔も声音も実に真剣だった。からかわれているわけではないとわかったものの、それでも信じられない、と僕は彼に問い返してしまっていた。

「うん。恋だ」

「僕に？」

「そう」

「どうして？」

「恋に理由はない。落ちるものだから」

羽越がそう言い、にっこり、と目を細めて微笑んでみせる。

「強いて理由を挙げるとすると、そうだな。勿論《もちろん》、美しい容姿も理由の一つではあるけれど、一番は君の性格だな」

「性格……そんなによくありませんけど……？」

何せ僕は、クビにされた腹いせに、相手を調べ上げるスキルを身につけるため探偵助手になろうとした男だ。

その上、人をちゃんと好きになったこともなく、恋人だった一麻専務の死に対しても実に淡泊だった。

とても人に好かれるような人間とは言い難いかも、と首を傾げた僕と息がかかるくらい顔を近づけ、羽越が笑いかけてきた。

「そんな君の正直なところや、どこか自分を突き放しているところが好きだ。もっと君に自分を好きになってもらいたいと思ったのは、そうすれば君が本当の意味で恋ができるだろうと思ったからだった。その恋の相手は僕がつとめるつもりだったからね」

勝手な妄想だが、と羽越が笑った息が唇にかかる。

「キスしたいと言ったら断る？」

「……どうでしょう……」

よくわからない。それが正直なところだった。

羽越のことは勿論、嫌いではない。猫耳はともかく容姿には惹かれるものがあったし、事件をあっという間に解決する明晰《めいせき》な頭脳も尊敬していた。

犯人に対する気遣いも好ましいと思ったし、警察を辞めた理由にも同調できると同時に高い志に感じ入りもした。

どちらかというと、いや、積極的に『好き』ではあったが、ここで『キスしていいか』と問われ、改めて僕は自分の気持ちと向かい合った結果、首を傾げてしまったのだった。

今までの僕なら、まあいいか、と簡単に目を閉じていたと思う。よほど嫌悪感がなければ、流されるがまま相手の気持ちを受け入れていたからだ。

そうした相手と羽越を同列に考えることに、なんとなく抵抗を覚える。その気持ちが何に根ざしたものかは、自分でもよくわからなかった。

「……そう」

自分にわからないものが羽越にわかるわけもなく、どうやら彼は僕が拒絶したと判断したようだった。

「悪かった」

微笑み、ぽんと肩を叩《たた》いて身体を離す。

「あの……」

別に悪いことなど何もないのだけれど、と僕が声をかけようとしたときにはもう、羽越は立ち上がり自分の席へと戻っていた。

「気長にいくことにする。さあ、仕事をしよう」

明るくそう言い放ち、書類を見始めた彼に僕はかけるべき言葉もなく、ただ呆然とソファに座ったままでいた。が、ちょうどいいタイミングで電話が鳴ったため、飛び上がるようにして立ち上がり席へと走った。

「はい、羽越探偵事務所です」

応対する声が不自然なくらいに掠《かす》れているのがわかる。今更、と自分でも驚いたが、頬《ほお》が燃えるように熱くなっていた。

『あの、浮気調査のご相談なんですが……』

電話の向こうから響いてくる弱々しい男の声に、なかなか意識を集中できない。

今は仕事中じゃないか。考えるのはあとだ、と僕は自分に必死でそう言い聞かせつつ、相変わらず赤い頬を持て余しながら電話の内容をメモにとり始めたのだが、力が入りすぎて何度もシャーペンの芯を折ってしまうという醜態を暫し演じてしまうこととなった。

9

午後六時を回ると羽越は僕に、夕食の買い出しを命じた。

「今夜は何にしようか。食べたいものを買ってくるといい」

とは言われたものの、料理をしない僕に材料が揃《そろ》えられるわけがない。

それではイタリアンにしようということになり、好きなパスタを聞かれた。貧困なボキャブラリーからなんとか『カルボナーラ』というメニューを思いつくと、羽越はメモに材料を書きだしてくれ、僕はそれを手に街へと繰り出したのだった。

教えられたとおりの店で買い物をすませたあと、事務所に戻る道すがら、閉店しそうになっていた花屋の前を通りかかった。

花束が閉店間際の投げ売りで三千円のものが千円になっている。

「すみません、それください」

唐突になぜその花束が欲しいと思ったのかは謎だった。赤い薔薇《ばら》に、名前も知らない青っぽい花が混じったその花束は、万人受けするものではなかったようで、それで売れ残ったらしい。

「ありがとうございますぅ」

少しオカマっぽい感じの若い店員が嬉しそうな顔になったのは、もしや彼がこの花束を作ったからかなとも思ったが、単に売れ残らずにすんだのを喜んでいたのかもしれない。

万人受けはしないだろうが、なんとなく羽越の部屋の雰囲気には合うような気がした。ああ、だから僕はこれを買ったのか、と会計をすませてから気づいたものの、今現在花など飾っていない部屋になぜ敢えて生花を買って帰ろうと思ったのか、その意図はやはりよくわからなかった。

勿論、花の金は自分の財布から出した。まだ給料を貰っていないので寂しい財布はますます寂しくなったものの、他に使うあてもないから、まあいいか、と尻ポケットに戻し、僕は花と食材を抱え事務所に戻った。

「花?」

キッチンで下拵《したごしら》えをしていた羽越は驚いた声を上げたもののすぐ笑顔になると、

「洗面所の流しの下に、花瓶と花鋏《はなばさみ》がある」

食卓に飾ろう、と喜んで指示してくれた。

羽越が食事の支度をしている間、僕は掃除と洗濯にいそしんだ。

家事分担。他人と暮らしたことがないので、僕にとっては初体験だ。

苦手な家事ではあったが、一人だからやらざるを得ないものはやった。料理はしなくてもいいものだったので——食べ物はコンビニで簡単に調達できる——しなかったが、掃除や洗濯は必要に迫られてやっていた。

自分のことだけやるには空しさが募り、いやいややっていた感があったが、自分以外の人の役に立っていると思うとなんだかやる気になった。

僕がリクエストしたのはカルボナーラだけだったが、羽越はそれにシーザーサラダとチキンの香草焼きも作ってくれていた。

「おいしそー！」

「一人だと適当にすませちゃうけど、誰か一緒に食べるとなると頑張って美味しいものを作りたくなる。とはいえ君はあまり、食にはうるさいほうじゃないんだっけ？」

「はい……作り甲斐がなくてすみません……」

ワインの善し悪しもわからなければ、ファミレスと高級レストランの料理の味の違いもわからない。

そんな僕ではあるものの、羽越の作ってくれる料理はどれも美味しく感じた。

「ビールにする？　ワインにする？　他に日本酒や焼酎もあるけれど」

「そうですね。なんだろう？」

「気分的にはスパークリングかなあ」

羽越とのこんな、どうということのない会話もなんだか楽しい。

「毎日、酒ばっかり飲んでるな」

「今までもそうだったんですか？」

「まあ、飲んではいたけど、飲み過ぎて寝ることはなかったかな」

「それって、嫌みですか？」

毎度酔っぱらって寝てしまう自分への、と睨むと、

「わかった？」

と笑われる。

「わかりますよ。普通」

「やはり君は鋭い。探偵に向いているね」

「ありがとうございます。でもあまり嬉しくないかも」

軽口を叩き合いながら飲み食いしているうちに、またもいい気持ちになってきてしまった。

「いけない。また寝ちゃいます。このくらいにしておかないと」

後片づけ、やりますから、と宣言すると羽越は、

「それじゃあお願い」

と微笑み、自室へと消えていった。

その後僕は半分酔っぱらったような状態で洗い物をし、羽越が声をかけてくれたので風呂に入った。

寝る場所は事務所のソファと言われていたので向かおうとすると羽越に、

「ねえ」

と呼び止められた。

「はい？」

「リビングのソファのほうが寝心地がいいなら、そこで寝てくれてもかまわないよ」

「……あ、はい」

実は呼び止められたとき、僕の鼓動は、どくん、と大きく跳ね上がっていた。

『慰めてあげようか』

また彼がそう誘ってくれるわけはない。わかっていたのにどうやら期待してしまっていたようだ。

期待が外れたなと肩を落とした瞬間、自分が期待していたことに気づいて胡乱《うろん》な返事になってしまった。

「環君?」

羽越が聞き咎《とが》めるほど不自然だったようで、歩み寄ってくる彼を避けるべく僕は敢えて背を向け礼を言った。

「あ、ありがとうございます。でも事務所でいいですよ。そういう約束だったし」

「選択肢はもう一つ、僕のベッドというのもあるんだけど」

そんな僕の背に羽越の、魅惑的としかいいようのない声が浴びせられる。

「え?」

甘い声に誘われ、振り返ってしまったと同時に僕は、きっとからかわれたんだなと察した。というのも僕の背後で羽越が満面の笑みを浮かべていたからだ。

「趣味悪いですよ、所長」

「ねえ、環君。僕は期待してもいいのかな?」

本気にしたわけじゃない。演技をしようとした僕を背後から抱き締めながら、羽越が耳元で囁いてくる。

「……期待って、なんですか」

問いかけた声が不自然に掠れている時点でもう、僕の気持ちはダダ漏れになっていたに違いなかった。

「ベッドに誘われることを君が期待してくれたんじゃないか、という期待」

耳朶《じだ》に熱い息がかかる。またもびく、と身体が震えてしまうことに、羞恥のあまり僕は、うわあ、と叫びそうになるのを必死で堪えていた。

「好きだ」

そう告げた羽越の指がすっと動き、背後から僕の頬を包む。

「一つ屋根の下に君がいることに、平常心を保てないほど、好きなんだ」

「……………所長……………」

からかわないでください――そんな言葉が出ないくらい、羽越の声音は真摯《しんし》、かつ熱っぽかった。

「好きだ」

その言葉を聞くたびに、泣きたいような気持ちになる。なんとも思わない相手にいくらそう告げられたとしても、こうも胸が熱くなることはないだろう。ということは、と僕は促されるがままに肩越しに羽越を振り返り彼の瞳をじっと見つめた。

「キスしたい」

「……………はい……………」

告げられた言葉に、きっぱりと頷いたのは誰でもない、僕の意志だった。その瞬間、目の前の羽越の顔がぱあっと輝いたように見えたが、それは、端整なその顔が満面の笑みを浮かべたせいだと、僕はすぐ悟ることになった。

「行こう」

羽越が僕の背に腕を回し、歩き始める。いつの間にかその手が腰へと降りてきたのに、どうしようもないほどの期待感を抱いてしまっている自分を感じながら僕は、羽越と寄り添うようにして彼の寝室へと向かった。

僕は勿論、男性とベッドインするのは初めてではない。羽越にその経験があるのかはわからないが、ごくごくナチュラルにベッドに誘ってきたところを見るときっと経験はあるんだろう、と僕は判断した。

「服、脱ごうか」

なので寝室に入った途端、ぎこちなくなった彼の態度には戸惑いを覚え、つい、

「あの、所長は初めてですか？」

と尋ねてしまった。

「秘密」

羽越は誤魔化《ごまか》していたが、もしかしたら初めてなのかもしれない。となると、僕がリードしたほうがいいのかなと思ったものの、あまり『慣れている』感を出すのもよくないか、と思い、それ以上は追及せずに僕は黙々と服を脱いだ。

ちらと横目で見ると羽越もまた、服を脱ぎ始めたようだ。スーツを脱ぐとき内ポケットに手をやった彼を見て僕はつい、

「猫耳はしないですよね？」

と確認をとってしまった。

「さすがに、しないよ」

羽越は吹き出し、どうやらそれで彼の緊張感は解けたようだった。てきぱきと服を脱ぎだした彼の横で僕も全裸になり、寝ころんだほうがいいのかなとベッドを見下ろす。

「好きだ」

そんな僕に羽越は微笑みそう告げると、両肩に手を起き唇を塞いできた。

「ん……」

そのままゆっくりとベッドに腰を下ろし、やがてシーツの上に仰向けの状態で倒される。

男相手は初めてかもしれないが、行為自体は手慣れたものだった。口内を舐《ねぶ》るようなくちづけを与えながら掌で胸を擦り上げる。

「……んふ……っ……」

乳首を刺激され、堪らず声を漏らしてしまう。羽越は唇を合わせたまま目を細めて微笑むと、ぷく、と勃ち上がった乳首を指先で摘《つま》みきゅっと抓《つね》った。

「あ……っ」

高い声が漏れ、腰が捩《よじ》れる。恥ずかしいことに僕は、乳首をいじられるのに弱いのだった。

男のこんなまったいらな胸に性感帯があることを教えてくれたのは初めてセックスをした相手だったけれど、どうも僕は過敏症といってもいいくらい感じやすいようで、ちょっと触られたくらいですぐ乳首が勃ってしまう。

今までセックスしてきた相手には、そこがまた可愛い、とずいぶんと文字どおり『可愛』がってもらっているうちに、ますます乳首は過敏になった。

強くいじられるとそれだけでひどく感じてしまう。腰の捩れでそれがわかったのか羽越は唇を首筋へとすべらせると、片方を指で摘み上げながらもう片方の乳首を舐り始めた。

「や……っ……あっ……あぁ……っ」

両方の乳首に間断なく与えられる刺激に、今や僕はすっかり昂《たか》まりまくってしまっていた。

漏れる声は大きく、身悶《みもだ》える身体の動きはだんだんと激しくなっていく。

「あぁっ」

胸をいじっていた羽越の右手がすっと下り、既に熱と硬さを孕《はら》んでいた僕の雄を握り締めた。彼の手の中で、どくん、と自身の雄が脈打ったのがわかる。あっという間に完勃ちとなるのが恥ずかしく、シーツに顔を埋めた。

羽越がちらと僕を見上げ、目を細めて微笑む。僕が感じているのが嬉《うれ》しくて仕方がない様子だった。喜んでもらえるのは僕も嬉しいが、やはり恥ずかしい、と顔をますますシーツに埋めると、羽越は親指と人差し指の腹で最も敏感な先端のくびれた部分を擦り上げ、更に僕を昂めようとする。

「あっ……あぁ……っ……あっ……あっ」

声ももう、堪えられるような状態ではなかった。羽越の手の中で完全に勃ち上がった雄の先端から、どくどくと先走りの液が滴るのがわかる。

その液を掬《すく》い取った羽越の手が後ろへと回り、蕾《つぼみ》に指がつぷ、と挿入されてきた。

「……んっ……」

経験がないと思ったが、実は違ったりして、と思ったのも束の間、挿入された指で中をかきまわされるうちに思考などしていられないほど僕は昂まってきてしまった。

ぐちゃぐちゃと、乱暴なくらいの強さで羽越の指が僕の中で動き回る。

前立腺の位置を正確に探り当て、そこばかりを刺激してくる指の動きはやはり、経験値の高さを彷彿《ほうふつ》とさせるものだったが、そのときの僕にそれを実感する余裕はなかった。

「あぁ……っ……もう……っ……あーっ」

内壁が激しく収縮し、羽越の指を締め上げる。雄の先端からはぽたぽたと透明な液が滴り、自身の肌を濡らしていた。

一つになりたい——その欲求が勝り、我慢ができなくなる。

それで僕は両手両脚を伸ばし、羽越の背を抱き寄せようとした。羽越はすぐに察してくれたようで、にこ、と微笑むと少し身体を起こし、僕の両脚を抱え上げた。

「……わ……」

既に彼の雄が勃ちきっていることに、僕は思わず歓喜の声を漏らしてしまった。

「いくよ」

微笑みながら彼がその逞《たくま》しい雄の先端を僕の後ろに押し当ててくる。

立派な雄だった。ごくり、と唾《つば》を飲み込みたくなる太く逞しい雄の先端がずぶ、と挿入されてくる。

「ん……っ」

違和感を一瞬覚えたのは、そこまでのサイズのものを受け入れたことがなかったからだが、痛みを覚えるより前に快感が訪れ、唇からは我ながら甘い吐息が漏れた。

ゆっくりと羽越の雄が僕の中に割り入ってくる。亀頭と内壁が擦れるのに摩擦熱が生まれ、その熱はあっという間に身体の内側から僕の全身を焼き尽くしていった。

「挿《はい》った」

ぴた、と下肢同士が重なり合ったとき、羽越が大きく息を吐き、にこ、と笑いかけてきた。

やり遂げた感があるその表情を見たとき僕はまた、もしかして彼は未経験だったのかもしれない、と思ったのだけれど、確かめるつもりはなかった。

自分に経験があったことが後ろめたかったせいもある。お互いいい大人なので、性体験が初めてということはまずないだろうし、もともと僕はゲイと知られているので男に抱かれるのが初めてでもないともわかっているだろう。

それでも悟られたくない、という気持ちは、相手が初めてなのに申し訳ないという思い以上に、羽越には嫌われたくないと願った、その結果だった。

過去の経験にこだわるとかこだわらないとかは、人によるものだ。だが、経験豊富であることはおそらく、皆に好まれる事態ではないだろう。

豊富というほどの経験はないけれど——と、考えていられたのはこのあたりまでだった。

「動くよ」

にっこりと、それは華麗に微笑んでみせた羽越が僕の両脚を抱え直したかと思うと、やにわに突き上げを始めたのだ。

「あっ……あぁっ……あっあっあーっ」

文字どおり、僕は快楽の階段を猛スピードで駆け上り、絶頂を迎えることとなった。

身体中のどこもかしこも火傷《やけど》しそうに熱くなり、思考力などあっという間にゼロになる。吐く息も、汗の滴る肌も、脳の中までもが爛《ただ》れてしまうほどに熱していた。繋《つな》がっている部分は最も熱くて、先走りの液に濡れた彼の雄が抜き差しされるたび、じゅぶじゅぶと淫《みだ》らな音を響かせている。

「もう……っ……もう……っ……だめ……っ……いく……っ……いく……っ……あーっ」

どこのAV女優だ、というような甘えた喘《あえ》ぎを上げているのが自分だという自覚はまったくなかった。やかましい声が響く中、喘ぎすぎて息苦しさすら覚え始めていた僕は無意識のうちに救いを求め羽越を見上げてしまっていたようだ。

羽越が、任せなさい、というように微笑んだかと思うと、抱えていた僕の片脚を離し、二人の腹の間でパンパンに張りつめていた僕の雄を握って一気に扱き上げてくれた。

「あーっ」

直接的な刺激に耐えられるわけもなく、すぐに僕は達すると彼の手の中に白濁した液をこれでもかというほどに吐き出してしまった。

「……っ」

射精を受け激しく収縮する後ろに締め上げられたために羽越もほぼ同時に達したらしく、ずしりとした精液の重さを中に感じた。

「…………あぁ……」

幸せだ——乱れる息の下、急速にその想いが胸に広がり、なんだか涙ぐみそうになる。

「……好きだよ」

堪えたはずの涙が、羽越のその言葉を聞いた途端、目尻を伝って流れ落ちた。

「君が好きだ」

込み上げてくる嗚咽《おえつ》を呑み下し、両手で顔を覆った僕の耳に、羽越の優しい声が響く。

僕も——答えたいのに、言葉を発すると泣いてしまいそうで、唇を噛んで堪えるしかなかった。

何も言わなくても気持ちが通じてくれるといい。そう願うと同時に、ああ、僕は今、恋をしている、という実感がふつふつと胸に込み上げてくる。

好きだ、と言われ、ありがとう、と答えることは今までにもあった。でも、好きだ、と言われ、僕も、という気持ちを抱いたのは初めてだった。

今、僕はしっかり、あなたに恋をしている。嗚咽がおさまったら真っ先にそれを羽越に伝えよう。そう思いながら僕は、

「好きだ」

と繰り返し、細かいキスを唇に、額に、瞼《まぶた》に落としてくれる彼の背をしっかりと抱き締め、言葉以前に思いを伝えようとしたのだった。


その後間もなくして沢渡エンジニアリングの社長は体調不良を理由に退任し新社長を迎えることとなったのだが、新しく社長の座についたのは未来彦部長ではなく、メインバンクからやってきた、沢渡一族とはまるで関わりのない人物だった。

経営不振による抜本的な見直しということで、未来彦部長は子会社に出向の身となったという。

小夜子には実刑判決が下り、峰岸代議士が息巻く中、小夜子本人の希望で控訴はせずに刑に服することとなった。

弁護士経由で改めて僕に対し、部屋を焼失させてしまったことへの詫《わ》びがあり、お金で解決できるとは思っていないものの、せめて弁償はさせてほしいということだったが、既に新しい住居も見つけているのでお気遣いなく、と返事をした。

新しい住居とは勿論、羽越の探偵事務所である。当初の予定では僕は事務所に寝泊まりすることになっていたが、今やふかふかのベッドを一応ゲットした。言うまでもなく羽越の寝室にある彼のベッドである。

相変わらず羽越は等々力の要請で、殺人事件の現場に呼ばれてはけったいな猫耳カチューシャを装着し、

「にゃー」

と一声鳴いたあとに素晴らしい推理を披露する、というパフォーマンスを続けている。

いつの日にか彼のパフォーマンスが、抱いている野望に——もと上司に罪を悔い改めさせるという望みに繋がるといい。その祈りを胸に僕は、少しでも羽越の役に立ちたいと願い、探偵助手としてのスキルを日々磨きながら過ごしている。

あとがき

はじめまして&こんにちは。愁堂《しゅうどう》れなです。

この度は二十七冊目のキャラ文庫となりました『猫耳探偵と助手』をお手に取ってくださりどうもありがとうございました。

猫耳といってもリアルケモミミではなく、カチューシャ式のおもちゃです。ケモミミを期待された方には大変申し訳ありません（汗）。

でもとても楽しみながら書かせていただきましたので、皆様にも少しでも楽しんでいただけているといいなとお祈りしています。

イラストの笠井《かさい》あゆみ先生、超超超超超美麗なカラーを、そして超超超超超スタイリッシュなモノクロを、本当にどうもありがとうございました!!

ラフをいただくたびに「きゃー」と狂喜乱舞していました。完成原稿を見せていただいたときには、感動のあまり息が止まるかと思いました!! ご一緒できて本当に嬉しかったです!!

また今回も大変お世話になった担当様をはじめ、本書発行に携わってくださいましたすべての皆様に、この場をお借りいたしまして心より御礼申し上げます。

羽越《はねこし》も環《たまき》も、そして等々力《とどろき》も、笠井先生にビジュアルを描いていただいたこともあり、自分でもとても気に入っているキャラクターとなりました。

できることなら続きを書きたいなと切望しておりますので、よろしかったら編集部様宛にリクエストをお送りくださいませ。

ご感想もお聞かせいただけると嬉しいです。どうぞよろしくお願い申し上げます。

次のキャラ文庫様でのお仕事は、夏頃に文庫を発行していただける予定です。次作は今回とは一転し、ハードボイルド調になる予定ですので、よろしかったらこちらもどうぞお手に取ってみてくださいね。

また皆様にお目にかかれますことを、切にお祈りしています。

平成二十五年二月吉日

愁堂れな

（公式サイト『シャインズ』http://www.r-shuhdoh.com/）

この本を読んでのご意見、ご感想を編集部までお寄せください。

《あて先》〒105－8055　東京都港区芝大門2－2－1　徳間書店　キャラ編集部気付
「猫耳探偵と助手」係

■初出一覧
猫耳探偵と助手……書き下ろし

Chara
猫耳探偵と助手……【キャラ文庫】

2013年3月31日　初刷

著者　愁堂れな
発行者　川田 修
発行所　株式会社徳間書店
〒105-8055 東京都港区芝大門2-2-1
電話048-451-5960(販売部)
03-5403-4348(編集部)
振替00140-0-44392

印刷・製本　株式会社廣済堂
カバー・口絵　長谷川有香&百足屋ユウコ(ムシカゴグラフィクス)
デザイン

ISBN978-4-19-900705-7

好評発売中

愁堂れなの本【家政夫はヤクザ】

イラスト◆みずかねりょう

父入院の報を受け、留学から一時帰国した弁護士の利一《りいち》。父を見舞って実家に帰ると、なんと出迎えたのは着流し姿に下駄履きの渋い色男・月川《つきかわ》。「…どう見てもヤクザなんですけど!?」家事のできない利一のために、父が雇った家政夫らしい！　ヤクザに世話されるなんて冗談じゃないと主張しても、「組長の命令ですから」の一点張り。しかもなぜかチンピラたちを従えて行く先々に付いてきて…!?

好評発売中

愁堂れなの本
【仮面執事の誘惑】
イラスト◆香坂あきほ

昼は完全無欠の執事、でも夜は強引な支配者に変貌!? 社長の父が倒れ、帰省した老舗ホテルの御曹司・颯人《はやと》。そこで出会ったのは、父の信頼厚く、若くしてサービス部門を取り仕切る"執事"の藤本《ふじもと》だ。ところが二人きりになった途端、慇懃無礼な態度で颯人を無理やり押し倒してきた！ なぜ憎むように僕を抱くの…？ これ以上近づいては駄目だ——そう思うのに初めての快楽に溺れてしまい!?

好評発売中

愁堂れなの本
【捜査一課のから騒ぎ】

イラスト◆相葉キョウコ

苦手な同僚の刑事と、まさかの同居生活!? 生真面目でカタブツな警視庁捜査一課のエリート刑事・結城《ゆうき》。ある日警察寮を出て引っ越すと、そこには手違いで同期の森田《もりた》が入居していた！ 結城と正反対で楽天的で大雑把な森田は、目の上のたんこぶ。「おまえが出て行け！」揉める二人だけど、そんなとき誘拐事件が発生!! 同居ばかりか、水と油の同期コンビで事件解決に奔走するハメになり!?

好評発売中

愁堂れなの本
【捜査一課の色恋沙汰】

捜査一課のから騒ぎ2

イラスト◆相葉キョウコ

不幸な偶然で、同期の森田《もりた》と同居＆コンビを組むハメになった捜査一課の結城《ゆうき》。恋人になったのに、「俺が抱かれる方なんて冗談じゃない！」と、どこまでも噛み合わない。そんな折、森田の元相棒・佐々《ささ》木《き》が仕事に復帰！　素直で可愛い佐々木と森田は、周囲も認めるツーカーぶり。…まさかコンビ解消!?　佐々木に嫉妬する結城だけど、有名私大で殺人事件が発生して!?　水と油の同期コンビの事件簿♥

キャラ文庫最新刊

妖狐な弟
佐々木禎子
イラスト◆佳門サエコ

兄弟として育った幹《みき》と葉《よう》。けれど葉は、狐の耳と尻尾を持つ特殊な体!? 兄・幹に懐く葉は、ある日幹を本能のままに抱き…？

年下の高校教師
秀香穂里
イラスト◆三池ろむこ

ゲイの高校教師・鳴沢《なるさわ》は恋人と別れて傷心中。そんな中自分を慕う年下の同僚・灰原《はいばら》と、酒の勢いで一夜を共にしてしまい…!?

猫耳探偵と助手
愁堂れな
イラスト◆笠井あゆみ

会社を解雇された環《たまき》は、頭に猫耳をつけた変人探偵·羽越《はねこし》と出会う。そんな時、環のアパートが炎上！ さらに元上司が殺害され!?

4月新刊のお知らせ

秋月こお［公爵様の羊飼い③］cut／円屋榎英

楠田雅紀［オレ様吸血鬼と同居中］cut／Ciel

水原とほる［彼氏とカレシ］cut／十月絵子

お楽しみに♡

4月27日(土)発売予定